종종 여행 떠나는 카페

TOKIDOKI TABINI DERU CAFE

© Fumie Kondo 2017

First published in Japan in 2017 by Futabasha Publishers Ltd., Tokyo.

Korean translation rights arranged with Futabasha Publishers Ltd. through Imprima Korea Agency.

이 책의 한국어판 저작권은 Imprima Korea Agency를 통해 Futabasha Publishers Ltd.,과 독점계약한 황소자리 출판사에 있습니다.

저작권법에 의해 한국 내에서 보호를 받는 저작물이므로

무단전재와 무단복제를 금합니다

곤도 후미에 | 윤선해 옮김

종종
여행 떠나는
카페

황소자리

2018

'종종 여행 떠나는 카페'라니. 제목부터 호기심이 일었다. 카페 오너가 종종 여행을 떠나서 카페 문을 닫는다는 뜻인가, 그도 아니면 카페에 들어서자마자 내부 공간이 비행기처럼 변신해서 손님을 어딘가로 데려가 주는 판타지 소설인가?

앞 페이지를 펼치니 '메뉴'라고 적힌 단어 아래 음식 이름을 단 소제목들이 보였다. 궁금증이 한층 커졌다.

메뉴 하나하나에 소소하고 미스터리한 이야기를 엮어 풀어 나가는 작가의 글쓰기 스타일이 독특하고 아름다웠다. 무엇보다 이런 카페가 우리 집 가까이에 하나 있으면 너무 좋겠다는 생각이 간절해졌다. 책을 번역하는 내내, 마도카가 운영하는 '카페 루즈'에 가서 소설에 등장하는 음료를 마시며, 한국어판으로 나온 이 책을 읽고 싶다고 생각했다.

작고 따뜻하고 개성 넘치는 카페를, 조용하면서도 당당하게 운영하는 마도카가 순간순간 질투가 날 만큼 부러웠다. 그가 지키는 카페의 단골이 되어가는 주인공 에이코와는 흉금을 터놓을 만큼 절친한 친구가 되고 싶었다. 매력 넘치는 두 여성을 현실 공간에서 우연히라도 만나고 싶다는 생각이 정말이지 간절했다.

마도카의 당당한 인생 행보를 응원하며, 삶의 소소한 가치들을 서서히 수용해가는 에이코와 정서적으로 교감하며, 메뉴 하나하나를 음미할 때마다 떠오르는 카페 사장님들의 얼굴이 있었다. 아, '이 메뉴 속 스토리는 사장님 이야기 같지요?' 하며 책을 선물하고 싶은 마음을 담아 한 글자 한 글자 정성스레 옮겼다.

카페라는 공간에는 늘 사람들의 이야기가 넘쳐난다. 마냥 즐겁고 행복한 일만 있는 건 아니지만, 지금 우리에게 카페는 너무나도 소중한 쉼터이자 위로의 공간으로 자리 잡고 있다. 카페에 대한 사람들의 역할 기대도 그만큼 커지고 있다.

따뜻하고 착한 우리 동네 작은 카페 사장님들에게 마도카의 풋풋한 에너지가 올곧게 전해지면 참 좋겠다. 더불어 에이코처럼 사려 깊은 단골들이 많이 생겨서 오늘 내일도 행복한 웃음으로 가게를 소등하시기를 간절히 바란다.

카페가 있어 더 좋은 날에,
윤선해 올림

메뉴

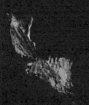

차갑고 농밀한 봄의 향기

딸기수프

이 세상에서 가장 좋아하는 곳은 집 소파다.

최고급품은 아니지만 에이코로서는 최선을 다했다. 30만 엔 정도를 투자했으니까…. 2인용이고, 오토만Ottoman을 붙여서 세미 오더로.

거기에 쿠션을 네 개나 두었다. 한쪽에 쿠션을 겹쳐서 몸을 뉘어 TV를 본다. 다리가 부었을 때는 소파에 누워 쿠션 위에 다리를 올린다. 잔업으로 녹초가 되어서 돌아오면 쿠션을 전부 바닥에 던져버린 후 소파에 착 달라붙듯 쓰러져 눕는다.

회사에서 일하다가도 얼른 퇴근해 소파에 누워 뒹굴거리고 싶다는 생각을 한다. 그리고 토요일과 일요일, 소파 위에서 느긋하게 책을 읽거나 빌려온 DVD를 볼 때는 더할 나위 없는 행복을 느낀다.

객관적으로 보자면, 타인의 부러움을 사거나 우월감을 가질 만한 상황은 아니다.

37세. 혼자 살며, 아이도 없고, 애인도 없다. 특별히 미인이라고 할 수도 없다. 취미다운 취미도 없다. 독서나 영화를 보는 것은 좋아하지만, 마니아라고 할 정도는 아니다.

저축은 거의 없다. 3년 전에 이 허름한 1LDK1room, Living room, Dining room, Kitchen 아파트를 사버렸다. 그 이후 조금씩 저축하고 있지만, 통장 잔고는 늘 얄팍하고 대출도 아직 남아 있다.

직장 내 독신 여성 중에서는 어쩌다 보니 가장 나이 많은 사람이 되어버렸다. 다른 부서에는 나이가 좀 더 든 독신이 있지만.

20대 젊은 여자애들과 사이좋게 지내며, 고리타분한 선배는 아니라고 믿고 싶지만…, 그것도 단언할 수는 없겠지. 회사 남성들로부터 농담처럼 '안방마님'이라고 불리는 일도 있으니, 젊은 여직원들과는 분명하게 선을 달리하는 셈이다.

스스로 불행하다고 생각하지 않지만, 그럼에도 사흘에 한 번꼴로 불안해진다. 어제와 다르지 않을 내일. 변화가 없으면 오히려 행운이고, 갑자기 해고당하거나 큰 병에 걸려 일할 수 없게 될지도 모를 일이다.

매일 회사에 가서 똑같은 일을 반복하고, 잔업을 하고, 밤늦게 집으로 돌아온다. 휴일이 되면 녹초가 되어 외출은 꿈도 꾸지 않는다.

다만 한 가지 분명한 건 있다. 앞으로 영화처럼 특별한 사랑이 뚝 떨어질 일도, 이제껏 감춰져 있던 눈부신 재능을 발견해 뮤지컬 배우가 될 일도, 막대한 유산을 상속받아 부자로 살아갈 일도 없다는 사실이다. 1LDK 거실과 110센티미터짜리 2인용 소파. 에이코의 행복은 그 위에 수납된 셈이다. 물론 아무것도 없는 것보다는 훨씬 나은 삶이지만.

소파 위에 있을 때, 에이코는 선명한 행복감을 느낀다. 다만 그 행복감에는 우울이라는 베일이 늘 덧씌워져 있다.

그 날도 평소와 다르지 않은 아침이었다.

간당간당한 시간에 일어나 빛의 속도로 화장하고, 지하철에 뛰어올랐다. 만원 지옥철의 여성 전용 차량에서조차 콩나물시루처럼 빼곡하게 꽂힌 채, 이리저리 흔들리며 출근 시간을 견뎠다. 이 시간만큼은 빨리 감기를 해주면 좋을 텐데. 출근할 때마다 에이코는 생각한다. 약이든 다른 어떤 방법이든 좋으니, 이때만이라도 의식을 날려버려서 아무것도 느끼지 않게 되면 좋을 텐데.

회사에서 말이 안 통하는 상사에게 싫은 소리를 들을 때나, 거래처에서 무시당해 심신이 너덜너덜해졌을 때도 그런 생각을 했다. 잠시만이라도 아무것도 느끼지 않게 되면 좋겠다.

그런 바람은 무리한 상상일 뿐, 순간순간 받는 감정의 상처들은 반드시 어딘가에 축적될 거라는 사실을 잘 알지만 말이다.

집에서 내려온 텀블러의 차를 마시고 있는데 나카무라 아즈사가 말을 걸어왔다.

"나라 씨, 오늘 점심 어떻게 하실 거예요?"

아즈사는 올해로 서른세 살이 된 후배로 종종 함께 점심을 먹으러 간다. 그러나 이렇게 아침부터 점심 일정을 물어본 것은 처음이다.

"오늘 외출 예정은 없으니까, 함께 먹으러 갈까?"

아즈사가 밝게 웃었다.

"아, 잘 됐다. 그럼 함께 가요."

"그럼 점심때 봐."

기쁘게 대답은 했지만 머릿속에 노란 신호등이 켜졌다.

평소 아즈사와 점심을 먹을 때는 점심시간이 다 되어서야 서로 함께 갈 건지 묻곤 했다. 아즈사는 종종 도시락을 가져 왔고, 에이코 역시 집에서 먹던 것을 이것저것 담아 오는 식으로 적당히 도시락을 만들곤 했다. 아니면 근처에 새로운 음식점이 생겼을 때 '목요일에 저기 가볼까?' 하는 식으로 말을 건네거나.

한데 오늘의 아즈사는 가고 싶은 음식점이 있는 것 같지도 않았다. 그저 에이코의 점심 일정을 확보해 두고 싶은 듯했다.

인기가 있는 건가, 생각하며 기뻐할 문제도 아니다. 지금까지 몇 차례 이런 일이 있었는데, 그다지 흐뭇한 상황이 아니었기 때문이다. 직장을 그만두고 싶다는 하소연이거나, 직장 내에서 심각한 성희롱을 당했다는 상담이거나⋯. 적어도 싱글벙글 듣고만 있을 수 없는 이야기들이었다.

어쩌면, 결혼한다는 소식을 전할지도 모른다. 그녀에게는 동거 중인 남자친구가 있다.

그런 거라면 오히려 다행이다. 모호한 외로움이나 홀로 남겨진 듯한 허전함은 들겠지만, 결혼한다고 곧바로 회사를 그만두지는 않겠지.

일을 그만두겠다는 말이 가장 곤란하다. 지금 에이코가 속한 부서에는 여자들만 있는데 한 사람이 그만둔 지 얼마 되지 않았고, 또 다른 한 명은 육아휴직 중이다. 따라서 인사부서에 여러 차례 충원을 요구했지만, 인력 보충은 이루어지지 않고 있다.

만약 아즈사가 그만둔다면 여섯 명분 일을 세 명이 해내지 않으면 안 된다. 못해 먹을 일이다. 육아휴직 중인 사쿠라이가 돌아오려면 4개월이나 남아 있다. 우울한 예감을 떨쳐 내려는 듯 에이코는 노트북 전원을 켰다.

파스타 전문점에 들어가 자리에 앉자마자 아즈사가 거두절미하고 말했다.

"지금 제가 그만두면 민폐겠지요?"

깜짝 놀랐다. 역시 슬픈 예감은 빗나가지 않는다. 동요하는 모습을 보이지 않으려고 에이코는 메뉴를 펼쳤다.

"그렇지 뭐, 곤란하지만…. 그런데 무슨 일 있는 거야?"

직장에서 보는 한 아즈사는 다른 직원들과 관계가 나쁘지 않았고, 심각한 스트레스를 받는 것 같지도 않았다.

아즈사는 비교적 건조한 타입으로 다른 동료가 잔업을 하든 말든, 자기 일이 끝나면 곧바로 퇴근한다. 그런 맥락에서 가장 나이 많은 구보타 아사미와는 그다지 좋은 사이라고 볼 수 없지만, 아사미가 아즈사를 괴롭히는 것 같지도 않았다.

혹시 어디 아픈 건가.

종업원이 주문을 받으러 왔다. 아즈사는 메뉴를 보지도 않고 카르보나라를 시켰다. 에이코도 서둘러 페퍼론치노를 주문했다. 종업원이 가버린 후에야 평소라면 마늘 냄새가 많이 나는 음식은 먹지 않으려 했던 사실을 떠올린다.

아즈사는 순간 시선을 아래로 떨구더니 얼굴을 들어 올렸다. 살짝 망설이던 그녀가 입을 열었다.

"조만간 결혼해요"

"그렇구나. 축하해."

그다지 축복하지 않는 듯한 말투가 되어 버린 것은, 아즈사가 너무나 어렵고 미안하다는 듯 말을 꺼냈기 때문이다. 독신인 자신이 배려받고 있는 듯해서 기분이 나빠졌다. 마냥 기쁘게 보고를 해주었다면, 에이코도 축하한다고 기쁘게 말했을 텐데.

"회사, 그만둘 거야?"

아즈사는 작게 고개를 끄덕였다.

"가능하다면 그만두려고 생각하고 있어요."

임신으로 인해 일을 그만둔 사람은 더러 있지만, 결혼을 계기로 그만두는 데에는 다른 사정이 있는 듯했다.

"남자친구가 멀리 전근 가는 거야?"

"그런 건 아니고요…. 그 사람이 가게를 오픈할 예정이라서요. 할 일도 많고, 처음부터 직원을 채용하는 일도 고민스럽고 해서 제가 함께 도울까…"

순간 말문이 막혔다. 에이코는 컵을 당겨 물을 마셨다.

"가게라니 무슨?"

"커리 전문점을 하고 싶다고 해요. 그 사람 요리사거든요."

"그랬구나…"

음식점을 시작한다는 게 결코 쉬운 일이 아니고, 실패할 가능성도 높다. 모험을 떠나는 일과 다르지 않다. 그러나 실패한다고 단언할 수도 없다. 아즈사의 남친이 만든 커리를 먹어본 적도 없고, 그가 어떤 사람인지도 모르는 상황에서 섣불리 간섭할 수도 없는 일이다.

그런데도 입안이 끈적거리며 말랐다. '잘됐네'라든지, '화이팅!'을 외쳐주는 게 쉽지 않았다. 그 마음을 들키고 싶지는 않아서 억지로 미소지으며 말했다.

"힘든 일이 많겠지만, 열심히 해. 그나저나 그만둔다면 언제가 될 것 같아?"

"일단 사쿠라이 씨가 돌아올 때쯤이 좋을 것 같다고 생각하고 있지만…"

조금 안심했다. 오늘내일이라는 말은 아니니까.

"결혼식은 안 하는 거야?"

그 말을 들은 아즈사가 비로소 안심하듯 미소를 보였다.

"가게를 시작할 때 돈이 필요하니까 그냥 안 하려고요. 호적은 7월, 저의 생일에 넣으려 생각하고 있어요."

2개월 후다. 매년 동료들과 아즈사의 생일파티를 했었다.

가슴이 조여왔다. 회사에서는 사이가 좋지만, 아즈사가 회사를 그만두면 개인적으로 만나거나 하지는 않을 것이다. 그런 동료는 지금까지 많이 겪었다.

혼자만 강기슭에 남겨진 듯한 기분이 들었다.

모두 흘러내려 가고 있다. 각자 자신이 원하는 곳으로.

파스타가 나왔다. 에이코는 자포자기한 듯한 마음이 되어, 페페론치노를 입에 넣었다.

6년 전 일이 불쑥 떠올랐다.

그때도 함께 일하던 후배에게 똑같은 상담을 해준 적이 있다.

짧은 머리와 작은 얼굴, 살짝 튀어나온 앞니가 눈에 띄는 다람쥐 같은 얼굴을 하고 있었다.

회사에 다닌 것은 6개월 정도였다. 다른 동료들은 모두 연갈색으로 염색을 했는데, 그녀의 머리만 칠흑 같은 까만색이었다. 화장도 거의 하지 않았다. 그리 친하게 지낸 사이도 아니었는데, 어느 날 갑자기 점심을 같이 먹자고 했다.

커피전문점에서 샌드위치를 먹으며 마주 앉았다. 접시에 남은 녹색 파슬리를 멍하니 내려다보던 게 떠오른다.

샌드위치를 다 먹고 나서 그녀가 어렵게 입을 열었다.

"회사를 그만두려고 생각해요. 나라 씨에게 신세를 많이 졌는데 정말 죄송합니다."

담담한 말투였다. 특별히 챙겨준 것도 없는데…, 아마도 단순한 사회적 발언이었겠지.

"그만두면 어쩌려고?"

질문을 받은 그녀의 입꼬리가 올라가며 앞니도 살짝 보였다.

"제 가게를 하고 싶어서요. 카페라든가."

반사적으로 말해버렸다.

"안 하는 게 좋지 않을까?"

미소짓던 그녀의 표정이 얼어붙었다. 자신의 입에서 나온 말에 무게감을 더하기 위해 에이코는 이야기를 이어갔다.

"그렇게 간단한 일이 아니라서. 신규 개업한 식음료 업장 중 70퍼센트가 2년 안에 폐업한다는 기사를 얼마 전 잡지에서 읽었어. 다시 생각하는 게 좋을 것 같은데…"

실제로 그 기사를 봤고 내용도 사실이었다. 그녀의 앞날을 걱정한 것도 사실이었다. 악의를 갖고 한 말이 결코 아니었다.

하지만, 그녀가 회사를 그만둔 후에도 그 날의 말들을 자주 떠올렸다. 그런 말을 하지 말았어야 하는데…. 지금도 그 생각을 할 때면 미안함이 몰려온다.

잘될지 안 될지 그 시점에서는 누구도 알 수 없는 일이었다. 70퍼센트의 가게가 망한다면, 30퍼센트는 살아남는다는 뜻이다. 에이코 역시 평일의 절반은 음식점 밥을 먹으면서, 왜 그렇게 단정 지어 말해버렸을까.

이제 그녀의 이름조차 기억나지 않는다. 고작 반년 재직했을 뿐이어서 누구도 그녀를 기억하거나 화제 삼는 일이 없었다. 다만, 그때 그녀가 보인 슬픈 표정만은 뇌리에서 떠나질 않았다.

토요일은 맑았다. 하늘은 아크릴 물감을 칠해 놓은 듯 파란색이었다. 이렇게 좋은 날은 어딘가 멀리 가보고 싶지만, 청소하고 빨래를 하다 보니 오후가 되어버렸다.

동네 마트라도 다녀오면서 근처를 산책해야겠다. 그조차 안 하면 운동 부족이 될 것이다. 지금은 옷 사이즈가 변하지 않고 있지만, 스멀스멀 체중이 불어나는 느낌이다.

사랑하는 소파에서 한동안 뒹굴뒹굴하다가 벌떡 일어났다.

작정하고 조금 더 멀리, 15분 정도 걸리는 큰 마트까지 가기로 했다. 그곳은 채소도 깨끗하고, 프랑스산 치즈와 올리브 절임 같은 세련된 식자재들도 판다. 가장 가까운 마트는 물건이 썩 좋지 않은 데다 채소류도 시들시들하다.

좋은 날씨니까 간만에 자전거를 타고 가기로 했다. 포터링 라이딩(목적지를 정하지 않고 마음 내키는 대로 달리는 것—편집자)은 몇 안 되는 취미지만, 날씨가 좋은 봄이나 가을에만 탄다. 여름과 겨울철에 자전거는 늘 어딘가 넣어둔 상태다.

그러니까 어딘가 처박혀 있는 자전거를 꺼내는 일이 귀찮을 뿐, 일단 타기만 하면 멀리까지 가고 싶어진다.

비슷한 상황은 얼마든지 있다. 두꺼운 번역 미스터리 소설을 읽기 시작할 때라든지, 추운 날 욕조에 들어가려고 할 때… 처음 마음먹기가 힘들 뿐, 일단 시작하면 그다음은 최고의 체험이 기다리는 것이다.

늘상 다니던 길과는 다른 길을 지나며, 굳이 언덕을 올랐다. 주택가를 살랑살랑 달리다 보니 어떤 가게가 눈에 들어왔다.

빵집 아니면 카페인데. 하얀색 단독 건물에 나무 간판이 걸려 있다. '카페 루즈'라는 이름이 눈에 들어왔다. 가게 앞에 허브 같은 식물들이 심겨 있었다.

남아도는 게 시간이니 여기서 조금 쉬었다 가는 것도 좋겠다. 만약 마음에 드는 곳이라면, 종종 여기 와서 쉬었다 갈 수도 있을 테니 말이다.

짧은 계단을 올라 가게로 들어섰다. 작은 카페였다. 두 사람이 앉을 수 있는 테이블이 네 개. 카운터 쪽 의자가 다섯 개. 이미 두 팀의 여자 손님들이 있었다.

두리번거리며 안으로 들어갔다.

"어서 오세요. 편한 곳에 앉으세요."

밝은 목소리가 키친 쪽에서 들려왔다. 카운터에 앉는 게 좋을 것 같았지만, 아무 데나 앉으라고 했으니, 창가 테이블 좌석에 앉아 메뉴를 펼쳤다.

메뉴는 많지 않았다. 요깃거리로는 샌드위치와 커리, 파스타. 배가 고프지 않으니까 음료 페이지로 넘겼다.

커피, 홍차, 카페오레, 오렌지 주스. 보통은 거기까지다.

민트 물, 석류 물, 크바스, 허브레모네이드, 살구주스…. 처음 보는 음료 이름이 적혀 있었다. 비엔나커피나 베트남 커피는 알고 있다. 카페 마리아테레지아라는 건 대체 뭘까. 각각 상세 설명이 붙어 있지만, 일단 이름만 훑어보기로 했다.

과자 페이지를 보니 더 모르겠다. 스트룹 와플, 시나몬 풀라, 파인애플 케이크…. 전부 다 어딘가 맛있는 여운을 풍기지만, 도통 모르겠다. 설명을 읽어보려고 메뉴에 얼굴을 갖다 댈 때, 머리 위에서 목소리가 들렸다.

"나라 씨? 나라 씨 맞지요?"

얼굴을 드니, 앞니가 큰 다람쥐 같은 얼굴이 있었다.

이야기를 나눌 수 있도록 카운터로 이동했다.

구즈이라는 성이, 얼굴을 본 순간 떠올랐다. 구즈이 마도카. 그녀의 이름이었다.

"몇 년 만이에요? 음…. 그러니까."

마도카가 손가락을 접고 있는 것을 보며 에이코가 대답했다.

"6년 만이야."

얼마 전에 불쑥 생각이 나는 바람에 세어봤으므로 틀리지 않을 것이다.

"와! 벌써 그렇게 되네요. 아직 히노조명에 다니고 계시죠?"

"응, 그래."

에이코가 다니는 회사는 주로 오피스나 점포에 조명기구를 판매하는 회사이다. 대학 졸업 직후부터 일하기 시작했으니 벌써 15년이 된다.

"구즈이 씨는 언제부터 이 가게를 하는 거야?"

"음…, 2년 전부터예요."

그 말을 듣는데 심장이 찔리는 듯 아팠다. 2년 이내 70퍼센트 이상이 망한다고 말한 것은 에이코였다.

"잘하고 있구나. 손님들도 있고 느낌이 좋은 가게야."

빈말이 결코 아니었다. 화려한 인테리어는 아니지만, 햇살이 듬뿍 들어와 멋진 분위기를 연출해주는 좋은 가게였다.

그러고 보니, 아직 아무것도 주문하지 않았다. 서둘러 메뉴를 보는데 마도카가 잔을 앞에 내려놓았다.

"괜찮으시다면 이거 드셔 보시겠어요? 서비스예요. 주문이 별로 없어서…."

얼음과 레몬이 떠 있는 잔 속에 갈색 탄산수가 들어있었다. 진저에일처럼 보였다.

조심스럽게 빨대를 물었다. 진저에일과 닮았지만, 생강의 향은 없었다. 약초 같은 신기한 향이 났다. 그런데 마시기 편했다.

"이거 뭐야?"

"알름두들러라고 해요."

"알르…."

한 번에 외울 수 없는 이름. 혀를 씹을 뻔했다. 마도카가 크크, 웃으며 메뉴를 손가락으로 가리켰다.

"손님들도 한 번에 말하기 어려워서, 메뉴에는 허브레모네이드라고 써놨어요."

그렇군. 분명 향은 허브 같다. 단맛은 있지만 은은하고, 살짝 어른스러운 맛이었다.

"어때요?"

"응, 맛있네. 처음 마셔봐."

"다행이에요. 나라 씨, 탄산수 좋아하셨던 것 같아서요."

그 말을 듣고 깜짝 놀랐다. 에이코는 탄산음료를 좋아한다. 여름에는 탄산이 든 미네랄워터만 마셨고, 술도 스파클링와인이나 소다를 섞은 음료를 좋아한다. 그러나 함께 일하거나 회식을 갔던 게 6년도 더 지난 일인데, 그걸 기억하고 있다니 엄청난 기억력이다.

마도카는 조금 쑥스러운 듯 웃었다.

"아마도 그랬던 것 같았어요. 틀리지 않아서 다행이에요."

한 번 더 알름두들러를 마셔봤다. 역시 맛이 좋다. 취향 저격.

"이거, 어디에서 살 수 있어?"

"일반 판매는 하지 않을 거예요. 오스트리아의 탄산음료거든요. 특별히 주문해서 산 거라…."

갑자기 튀어나온 나라 이름에 에이코는 당황했다.

"음…. 그러면 캥거루가 있는 쪽? 없는 쪽?"

"없는 쪽요. 있는 쪽은 오스트레일리아."

아하, 그렇구나. 유럽에 있는 음악의 도시 빈의 나라. 가본 적은 없지만. 그렇게 먼, 어쩌면 살아있는 동안 못 가볼 수도 있는 나라의 음료가 내 앞에 있다.

그때 다른 손님들이 들어왔다. 이번에는 젊은 남자와 여자 커플이었다. 마도카는 물잔을 들고 갔다.

알름두들러를 마시면서 오스트리아를 떠올렸다. '사운드 오브 뮤직'이나 합스부르크 제국 같은 단편적 지식밖에 떠오르지 않았다. 한순간 의자가 둥둥 떠오르는 듯한 기분이 들었다. 하늘을 나는 양탄자처럼 의자만 날아서 마음이 여행을 떠난다.

돌아온 마도카에게 에이코가 말했다.

"어쩐지 여행을 떠나는 듯한 기분이야."

이름도 존재도 모르던 외국 음료와 만났다.

마도카는 환하게 웃었다.

"우리 카페, 그런 콘셉트의 가게예요. 여행을 떠날 수 있는 카페. 저도 자주 여행을 가서 쉬고요, 대신 손님도 여기에서 여행을 느끼고요."

'카페 루즈'는 매월 1일부터 8일이 휴무라고 한다. 영업은 9일부터 말일까지. 너무 많이 쉬는 것 같은 느낌도 있지만, 주 2일 휴무로 따져보면 특별히 이상할 것도 없다. 마도카는 휴가 기간에 여행을 떠난다고 했다. 그리고 여행에서 사 오거나 새로 발견한 맛있는 음식을 카페 손님들에게 제공한다.

"물론 매달 해외로 나가는 건 어렵고요, 국내 여행을 할 때도 있어요. 아무 데도 가지 않고 새로운 메뉴를 만들기도 하고요."

마도카가 고개를 살짝 옆으로 기울이며 설명했다.

여유롭네. 그렇게 해도 되겠어? 에이코는 혼자 생각했다.

안 된다고 해도 에이코가 간섭할 문제는 아니다. 다만 마도카와 재회해서, 그녀가 자신의 가게를 오픈한 것을 두 눈으로 보고 나니 오래도록 에이코를 괴롭히던 마음의 짐이 풀려나가는 느낌이 들었다. 하지만 집으로 돌아와서야 깨달았다. 마도카에게 사과를 했어야 하는데…. 다음에 카페 루즈에 가면 사과해야지.

마음이 편안해지는 카페였고, 밤 11시까지 영업한다고 하니까 평일에도 갈 수 있을 것이다.

"밤에는 술도 팔아요. 꼭 또 들러주세요."

생각지도 않게 길게 머물다가 돌아가려고 할 때, 마도카는 앞니를 드러내고 미소지으며 그렇게 말했다. 6년의 시간이 한순간에 좁혀진 기분이 들었다.

월요일 회사에 가서 아즈사에게 마도카 이야기를 했다.

"아, 저도 기억하고 있어요. 조금 이상한 아이였잖아요. 회식에도 거의 안 가고…."

"그랬었나?"

에이코는 몇 번 동석한 기억이 있다. 그러나 6년 전의 일이다. 그 사이 몇 번이나 회식이 있었고, 그중 몇 번을 마도카와 함께 갔는지 기억하지 못한다. 에이코 역시 회식에 전부 참석했던 건 아니니까. 두 번 중 한 번꼴로 얼굴을 내민다. 즉 두 번 중 한 번은 참석하지 않아도 된다고 생각하는 것이다.

이 부서에서 가장 나이 많은 아사미는 무슨 일이든 열심히 하는 타입이다. 잔업도 열심히 하고, 회식에 가서도 모두와 소통하려고 노력한다. 그런 분위기에서 두 번째 연상인 에이코까지 항상 얼굴을 들이밀면 어린 친구들이 결석한다고 말하기 점점 더 어려워진다는 게 구실이지만, 뭐 요점은 귀찮은 거다.

집 소파에서 혼자 하이볼을 마시는 편이 더 좋다.

마도카가 운영하는 카페가 에이코의 집 근처라고 하니 아즈사의 눈이 반짝였다.

"아, 제 남친이 가게를 내려고 하는 곳도 그 근처예요."

자세히 이야기를 들어 보니, 역 반대쪽에 있는 주상복합 빌딩인 듯했다. 오래된 빌딩이지만 번화한 장소라 음식점도 많은 곳이다. 카페 루즈는 주택가 안에 있어서 환경은 전혀 다르다.

"거기라면 손님도 많이 오겠네."

"맞아요! 거기를 임차할 수 있게 되었어요. 다른 이야기도 착착 진행되고 있고…"

아즈사의 기분이 고조되면서 목소리도 높아졌다. 그 모습을 보고 있자니 목에 무언가가 걸리는 것 같은 느낌이 들었다.

질투인가. 행복해지려고 하는 그녀에게 질투하고 있는 건가?

"저도 가보고 싶어요. 저녁에는 몇 시까지 여나요?"

"11시까지래."

오늘 일이 끝나면 함께 가기로 했다. 다행히 오늘은 급하게 처리할 일도 없다. 저녁 5시 반에 일을 마치고, 퇴근 준비를 하는데 아즈사가 다가왔다.

"죄송해요. 이야기하니까 남자친구도 함께 가고 싶다고 하는데, 괜찮을까요?"

어른스럽지 못하게 싫다고 할 수도 없다.

경험상 여자의 지인과 만나려 하지 않는 남자보다는, 회사 동료나 친구와도 친하게 지내는 남자들일 경우 결혼이 잘 될 확률이 높다. 데이터가 아니라 에이코의 감각이 그렇다.

조금 불편했지만, 어차피 카페에 동행하는 것일 뿐이다. 마도카 역시 크게 신경 쓰지 않을 터였다. 가게도 조금 떨어져 있으니 라이벌이 되는 것도 아니고.

근처 지하철역에 도착하니 키가 큰 남자가 개찰구 앞에서 기다리고 있었다.

"안녕하세요. 소가 마사히코입니다."

꾸벅 몸을 절반으로 접으며 인사를 했다.

"아즈사가 신세를 많이 지고 있습니다."

예의 바른 남자여서 안심했다. 이런 사람이라면 신경 쓰지 않고 시간을 보낼 수 있을 것 같았다.

역에서는 조금 거리가 있어서 택시를 타고 카페 루즈로 향했다. 택시에서 내리니 마도카가 가게 앞 화분들에 물을 주고 있었다. 에이코 일행을 본 그녀가 조금 놀란 듯했다.

"구즈이 씨, 안녕하세요!"

아즈사가 손을 흔드니 마도카는 묘한 얼굴을 하며 머리를 숙였다. 누군지 기억해내려 애쓰는 듯한 표정이었다. 무리도 아니다. 6년 전 잠깐 함께 일한 사이였으니까.

"어…"

"나카무라입니다. 나카무라 아즈사."

이름을 듣고 겨우 기억해낸 듯했다.

"아, 오랜만입니다!"

마사히코는 마도카가 물을 주고 있는 화분 쪽을 바라보았다.

"허브입니까? 이건 로즈메리네요. 이거는요?"

"이거는 무라야 코니지인데요…"

마도카는 의아한 눈길로 마사히코를 올려다보았다.

"음…, 히노조명에 계시는 분이셨던가요?"

아즈사가 서둘러 두 사람 사이에 끼어들었다.

"제 남자친구입니다, 소가 군. 이 사람도 곧 근방에 음식점을 낼 예정이어서 많이 알려주시면 좋겠습니다."

"어떤 음식점…?"

마도카의 표정에서 불편한 기색은 느껴지지 않았다. 그러나 대환영하는 모습도 아닌 듯했다.

에이코가 분위기 전환을 위해 마사히코에게 질문을 던졌다.

"커리집이라고 했었지요?"

"아 네, 그렇습니다. 역 앞 건물이니까 여기서는 꽤 거리가 있지만요."

가게 안에는 손님이 아무도 없었다. 낮 손님들은 돌아가고 저녁부터 찾는 손님들은 오기 전인 듯했다.

마도카가 문을 열고 가게 안으로 에이코 일행을 안내했다. 익숙한 듯한 손놀림으로 두 사람 좌석 테이블을 이동시켜 네 명이 앉을 수 있게 만들어 주었다.

"여기 앉으세요."

그녀가 가져다준 물잔에는 라임이 띄워져 있었다.

마사히코는 메뉴를 슬쩍 본 것만으로 "저는 맥주를."이라고 했다. 에이코도 메뉴를 보았다. 저녁 메뉴답게 알코올 종류도 갖추고 있었다.

치즈라든지 그릴 소시지 등 술과 어울리는 작은 요리도 몇 가지 갖추어서 바처럼 이용할 수 있을 듯했다.

술을 마시고 싶은데, 전에 마셔본 알름두들러도 다시 맛보고 싶었다. 메뉴를 살펴보니 화이트와인에다 허브레모네이드를 섞은 게 있어서 그것을 시켰다.

"우와! 뭐지? 그거 맛있겠네요."

에이코의 주문을 들은 아즈사가 메뉴에서 이름을 찾더니 자기도 같은 것을 시켰다.

마도카는 올리브 절임과 프리첼 플레이트를 음료와 함께 내왔다.

"드세요, 이건 서비스예요."

화이트와인을 알름두들러로 희석한 음료는 상쾌하고 여름에 잘 어울렸다. 은은하게 달콤하면서 허브 향이 산뜻했다.

마도카가 테이블 옆에 선 채 마사히코에게 말을 걸었다.

"가게는 역 앞 어느 쪽인가요?"

"다음 달부터 인테리어 공사를 할 예정인데요, 1층에 편의점이 들어있는 오래된 복합빌딩이에요. 기야 빌딩이라는…."

"아아, 좋은 곳이네요."

마도카가 고개를 끄덕였다.

"그런데 인근에 체인점 커리집이 있는데."

"음…, 우리는 에스닉 커리를 할 거니까 괜찮아요. 타이나 스리랑카 같은."

마사히코가 그렇게 대답하자 마도카가 미소를 지었다.

"맛있겠네요."

일 때문인지 마도카는 안쪽으로 들어갔다.

아즈사와 마사히코가 의자를 붙여 앉으며 서로를 바라다보았다. 에이코는 조금 불편해졌다. 지난번처럼 편안하지가 않다.

한 잔만 마시고 가야지. 에이코는 이쯤에서 퇴장하기로 했다. 다시 혼자 오기로 마음먹으면서.

"그럼, 나는 오늘 먼저 일어날게."

"네? 벌써요, 아쉽네요."

조금도 아쉽지 않은 말투로 아즈사가 말했다. 뭐, 내일 또 일터에서 만나야 하니까 정말로 아쉽게 느껴도 곤란하긴 하지만.

조금 많이 내는 듯했지만 선배로서 체면이 있으니 천 엔짜리를 두고 일어났다. 카운터 안쪽의 마도카에게도 인사를 했다.

"그럼, 나는 먼저 갈게."

"네, 감사합니다."

마도카가 가게 밖까지 나와 배웅해 주었다. 계단을 내려가려고 할 때 갑자기 소매를 붙잡는 손이 있었다.

"저기, 또 오실 거지요? 이른 시일 안에?"

"어, 응. 또 올게."

에이코가 주저주저하게 된 건 마도카가 너무나 진지한 얼굴을 했기 때문이다. 마도카는 이렇게 말을 이었다.

"조금 궁금한 것이 있어서요."

그다음으로 카페 루즈를 방문한 것은 금요일이었다. 너무 빨리 찾는 건 아닌가 싶었지만 마도카가 말한 '궁금한 것'이 무엇인지 알고 싶었다.

가게 안에는 세 팀 정도 손님이 있었다. 마도카는 카운터 안쪽에서 무언가를 만드는 중이었다.

"아, 나라 씨."

카운터 의자에 앉았다. 새콤달콤한 향이 풍겨 나왔다.

"딸기?"

딸기를 끓이는 냄새였다. 오래전 엄마가 자주 딸기잼을 만들어 주셨다.

"잼 만들고 있는 거야?"

"잼이 아니에요."

그렇다면 딸기 소스인가? 요거트 같은 거에 뿌려 먹으면 맛있겠다.

"딸기수프예요."

"딸기수프?"

반사적으로 되물었다. 그런 요리는 처음 듣는다.

"북유럽 사람들이 먹는 거예요. 어제 만든 게 있으니까 맛 좀 봐주시겠어요?"

끄덕끄덕. 딸기수프라니 상상도 해본 적이 없다.

마도카가 키친에서 들고나온 것은, 유리로 된 볼이었다. 투명하고 빨간 액체가 안에 들어있었다.

볼까지 차갑게 식혀져 있었다. 차가운 수프였다.

스푼으로 살짝 떠서 입에 가져갔다. 달콤하고 좋은 향이 입안 가득 퍼졌다. 거부감 따위는 없었다. 주스는 분명 아니고, 수프라고밖에 부를 수 없는 건 약간의 걸쭉함이 있기 때문이다. 음료라기보다, 딸기 자체를 먹는다는 느낌이 강했다. 걸쭉하게 끓여낸 덕에 새콤달콤한 봄의 향이 한층 농밀해졌다.

"맛있다…"

"바닐라 아이스와 마스카르포네를 함께 먹어도 맛있거든요."

상상만으로도 맛있게 느껴졌다. 맛이 없을 리가 없다.

마도카는 가만히 에이코의 얼굴을 바라다보았다.

"딸기를 끓일 때는 무엇이 만들어질지 알 수 없잖아요. 그게 잼일지 아니면 수프일지… 어쩌면 수프라는 존재 같은 건 아예 머릿속에 없는 사람일 수도 있고요."

그녀가 무슨 말을 하려는 것일까. 스푼을 내려놓고 마도카를 쳐다보니, 그녀가 목소리를 죽이며 말했다.

"기야 빌딩, 노후화로 일년 뒤 재건축에 들어가는 것 같아요. 많은 점포가 이미 나갈 준비를 하고 있고요."

"응?"

마사히코가 커리 전문점을 하겠다는 그 빌딩이었다.

"무슨 말이야?"

"재건축이 확정된 빌딩에서 신규 개업을 해도 일년 뒤면 나가야 하는데. 그것을 계약자가 모를 리 없을 텐데요."

"그럼, 그가 거짓말을 하고 있다?…"

"아니면, 소가 씨가 속았을지도 모르고, 둘 중 하나지요."

어느 쪽도 아즈사에게 좋을 게 없지만, 차라리 마사히코가 속았다는 쪽이 낫겠다 싶었다.

"만약 그가 거짓말을 하고 있다면…"

아즈사는 결혼한 뒤 그가 하는 가게를 돕겠다고 말했다. 아마도 거기에는 금전적 지원도 포함되었을 가능성이 있다.

"결혼 사기일 가능성도 있다는?"

에이코가 중얼거리니 마도카가 눈을 크게 떴다.

"결혼하기로 한 거예요? 새로운 가게를 오픈하는 시점에?"

다시 생각해 보면 같은 타이밍에 시작할 필요는 없다.

마도카는 미간에 주름을 잡으며 말했다.

"그가 거짓말을 했을 가능성이 높은 것 같습니다. 우리 집 앞에 심은 허브, 무라야 코니지는 커리잎이라는 다른 이름도 있어요. 흔치 않은 나무지만, 스리랑카 커리를 만들 때 사용하는 거예요. 에스닉 커리 가게를 하겠다는 사람이 그 허브를 모른다는 건 거짓말을 하고 있거나, 아니면 공부를 아예 안 했거나…"

에이코는 숨을 죽였다. 아즈사에게 알려주지 않으면 안 될 것 같았다.

마사히코가 거짓말을 했을지 모른다고 말하는 건 어렵지만, 빌딩이 재건축한다는 사실은 알려줘도 문제없을 듯했다. 그다음 일은 그녀가 스스로 알아차려야 할 문제이니까.

마사히코가 결혼 사기를 시도했는지 아닌지는 끝내 알 수 없었다. 가게 계약은 일년이고, 일년이 지나면 다른 장소로 옮길 생각이었다고 그가 말했으니까.

그러나 아즈사는 마사히코와 헤어졌다. 저축을 많이 해서 개업자금은 혼자서도 충분히 감당할 수 있다고 말하던 마사히코였지만, 결국 그가 저축한 돈은 거의 없었다는 게 드러났다.

저축이 없는 상태에서 가게를 시작한다는 건 아무리 생각해도 이상하다. 아즈사에게는 지금까지 열심히 일해서 모은 적금 통장이 있었다. 그러니 아즈사도 어렵지 않게 상황을 알아차렸으리라.

결혼 사기인지 아닌지 끝내 알 수는 없었지만, 자신의 통장이 그의 기댈 언덕이었다는 사실이 드러난 것만으로도 아즈사는 충격을 받았겠지. 그녀는 마사히코를 집에서 내쫓고 개운하게 헤어졌다고 말했다.

아즈사는 아무렇지 않은 듯 행동하지만, 많이 상처받았을 것이다. 그 사실이 마음이 아프다가도 조금이라도 더 빨리 알아차린 게 오히려 다행이라는 생각이 들곤 했다.

에이코의 일상은 오늘도 변함이 없다. 이렇게 변함없는 삶도 행복이라는 사실을 이제 그녀는 알 것도 같다.

한 가지 변화가 있기는 하다. 집의 소파처럼 편안해서 좋은 장소가 생긴 것이다.

햇살이 내려앉은 카페 루즈 창가 자리에 앉으면, 마음이 편안하고 기분이 마냥 좋아진다.

러시아풍 치즈케이크

_____ 추프쿠헨

카페 루즈의 창은 남서향이다.

게다가 길에서 몇 계단 올라간 1.5층 정도의 높이라 햇살이 잘 들어온다. 맑은 날 해질녘에는 석양이 가게 안으로 비쳐들어 붉게 물드는 듯하다.

더운 날은 마도카가 블라인드를 내려서 조절해 주는데, 그 타는 듯 붉은 카페가 에이코는 참 좋았다.

특히 해가 저물어 떨어지기 직전의 붉은 빛은, 마치 다른 세상으로 빠져드는 듯한 아름다움을 자아낸다. 언젠가 마도카에게 그렇게 말하니, 그녀가 눈을 크게 뜨며 놀랐다.

"저도 그때가 너무 좋아요. 어릴 때부터 그랬어요."

"어릴 때부터?"

놀라서 되묻자 마도카는 유리잔을 닦던 손을 멈추고 말했다.

"여기, 외할머니 외할아버지가 살던 집이었어요. 어릴 적에 자주 놀러 왔거든요. 서쪽으로 해가 지면 툇마루가 새빨갛게 물들고, 꼭 불이 난 것처럼 보였어요."

외조부모가 돌아가시고 나서 마도카가 이곳을 물려받게 되었다고 한다.

"훨씬 넓은 곳이었는데 3분의 2는 팔아버리고, 서쪽 3분의 1만 남겼어요. 여기서 가게를 하고 싶어서요."

"그랬구나."

마도카에게 추억의 장소라는 말이다. 토지와 건물이 자기 것이고, 다른 종업원이 없다면 아주 팍팍하게 일하지 않아도 되겠지. 언젠가 전화번호를 찾아보려고 인터넷 검색을 한 적이 있다. '카페 루즈'는 카페를 좋아하는 사람들에게 꽤 인기가 있고, 멀리서 일부러 찾아오는 팬들도 있는 모양이었다.

그 이야기를 하니, 마도카가 환하게 웃었다.

"네. 여러 번 찾아와 주는 손님도 있어서, 너무 감사하죠."

오븐에서 달달한 향이 풍겨 나온다. 케이크나 다른 무언가를 굽고 있는 모양이다.

"히야, 좋은 냄새네. 치즈케이크?"

"네, 맞아요. 지금 굽고 있는 건 내일 사용할 케이크들인데, 어제 구워둔 게 있으니까 한번 드셔 보시겠습니까?"

"와! 먹어보고 싶어."

치즈케이크는 에이코가 제일 좋아하는 음식 중 하나다. 그런데 카페 루즈의 치즈케이크는 아직 먹어보지 못했다.

카페 루즈의 메뉴에는 커다란 특징이 있다. 마도카가 여행지에서 만난 먹거리들을 재현하거나, 식재 등을 공수해 오거나 하는 것이다. 먹어본 적도, 들어본 적도 없는 음식과 음료가 메뉴를 가득 채우고 있다.

뉴욕 치즈케이크 등은 알고 있는데, 그 외 다른 나라에도 고유한 치즈케이크가 있는가 보다. 그런 생각을 하는 사이, 눈앞에 접시가 놓였다.

베이크드 치즈케이크인 것은 알겠다. 그런데 생지에 초콜릿인지 코코아인지가 섞여 있는 듯했다. 완전한 카카오 색도 아니고, 치즈케이크의 노란색과 코코아색이 섞여서 마치 범 무늬 고양이 같은 모양이다. 토대가 되는 타르트도 초콜릿 색이다. 에이코로서는 처음 보는 케이크지만, 이런 류는 맛있을 수밖에 없다.

"이건?"

"러시아풍 추프쿠헨이라고 합니다. 코코아 생지를 손으로 찢어서 위에 올려 구워냈어요."

"우와…"

예쁘게 구워진 색에 포크를 꽂았다. 농후한 치즈케이크에 코코아의 풍미가 더해졌다. 치즈케이크와 초콜릿을 좋아하는 사람이라면 안 먹고는 못 배길 맛이다.

"오오! 이거, 완전 내 스타일인 듯…"

"그렇게 좋아해 주시는 손님이 많아서, 우리 집 간판메뉴가 되었답니다."

러시아에 이런 케이크가 있는지 전혀 몰랐다.

이 카페에 종종 들르면서 난생처음 맛보는 케이크와 음료의 만남이 많아졌다. 몇 년 동안 여행도 못 가고 있는 에이코는 이 카페 음식을 먹을 때마다 잠시 잠깐 여행을 떠난 듯한 기분에 빠지곤 한다.

일부러 멀리서 여기를 찾는 단골의 마음이 이해된다.

"테이크아웃해서 가져갈 수 있어?"

"물론이죠. 구운 거니까 오늘 다 안 드셔도 냉장고에 보관하시면 2~3일은 괜찮을 거예요. 냉동보관도 가능하고요. 홀째 사 가는 분들도 있어요."

오늘 사가서 또 먹으면 분명 칼로리 오버겠지. 다음에 친구네 놀러 갈 때 선물용으로 사가면 좋을 것 같다. 보기 드문 케이크지만 어딘가 옛 생각이 나는 정겨운 맛이다.

세상에는 이런 음식이 정말 많을 텐데.

노을 지는 시간이 지나고, 실내가 조금 어둑해졌다. 마도카는 메뉴를 저녁의 그것으로 바꾸고 각 테이블에 캔들을 세팅했다.

에이코가 카운터의 스툴에서 일어났다.

"벌써 가시려고요?"

이대로 여기서 알코올을 한잔 마셔도 좋겠지만, 너무 편안해서 몸이 뿌리를 내릴 것만 같았다.

"응, 또 올게."

딱 맞추어 커플 손님이 가게로 들어왔다. 에이코는 계산을 마치고 가게를 나왔다. 문을 열고 나오니 여름밤의 눅눅한 바람이 머리칼을 만져주었다.

다음날, 에이코는 동료인 구보타 아사미와 함께 외출했다.

거래처인 호텔의 리노베이션이 있어서 회의를 한 뒤 견적을 내주어야 한다. 오전 중 업무를 마칠 예정이었지만 생각보다 길어졌다. 호텔 사무실을 나온 것은 오후 3시가 넘어서였다. 오늘은 잔업을 하지 않으면 일이 끝나지 않을 듯하다.

엘리베이터에 타니 아사미가 크게 기지개를 켰다.

"배고프다 그치. 점심 어디서 먹을까?"

이 시간이면 런치타임은 끝났을 것이고, 선택지는 거의 없다. 소바나 우동으로 가볍게 해치우는 방법도 있지만, 가능하면 조금 쉬는 시간을 갖고 싶었다.

둘은 역 앞 카페에 들어가기로 했다. 아사미는 커리, 에이코는 샌드위치를 주문했다.

주문을 마치자마자 아사미가 소파에 몸을 기대고 핸드폰을 체크하기 시작했다. 에이코도 이메일을 확인했다.

아사미는 일도 잘하고, 남자 상사들이나 거래처와 관계도 좋아서 더할 나위 없는 직원이다. 하지만 에이코나 다른 여직원들과 둘이 되는 순간 미소가 사라지고 무뚝뚝해진다. 심술궂다기보다 무신경한 거라고 에이코는 이해하지만, 젊은 여직원들 사이에서는 앞뒤가 다른 사람이라거나 남자들에게 교태를 부린다는 등 뒷담화 대상으로 곧잘 오른다.

어찌 됐든 오해 사기 쉬운 유형인 건 분명하다. 본인은 상사나 거래처만 잘 대응하면 그뿐, 동료들에게 미움을 사든 말든 개의치 않는 눈치지만 말이다.

실수하거나 문제에 직면했을 때 조용히 뒤를 봐주는 에이코에게는 잘 기대지만, 그런 태도 때문에 오해받는 일도 많다.

처음에는 일부러 적을 만들 행동은 하지 않아도 될 텐데, 싶었지만 오래 함께 지내다 보니 이제는 알게 됐다.

주부로서 두 아이를 둔 아사미는, 어느 쪽이든 선택해야만 하는 것이다. 모든 사람에게 친절하고 상냥하게 대할 만큼의 체력도 마음의 여유도 없다. 따라서 싫어해도 상관없다고 판단되는 대상에는 신경 쓰지 않기로 한 것이다. 그는 못되게 굴지 않으며, 다른 사람의 흉도 보지 않는다. 필요한 것만 묵묵히 해낸다.

아사미가 핸드폰을 접으며 "피워도 될까?"라고 물었다. 그녀는 흡연자이지만, 회사에서는 담배를 피우지 않는다.

"네, 상관없어요."라는 대답이 나오자마자 아사미가 주머니에서 담배 케이스를 꺼냈다.

카페에 들어설 때 흡연석을 선택하는 것을 보면서, 담배를 피우고 싶어한다는 걸 알아챘다. 아사미가 담배를 피울 때는, 피곤하거나 스트레스가 쌓였을 때다.

담배에 불을 붙인 그녀가 맛있게 피우기 시작했다. 사람이 없는 쪽을 향해 연기를 뿜으며 그녀가 말했다.

"좀 피곤했나 봐. 술타나는 하는 말이 계속 바뀌니까, 마음에 안 들어."

술타나 호텔이 오늘 방문한 거래처의 이름이다. 관동과 관서 지방에 몇 개의 비즈니스호텔을 갖고 있다. 이번에도 지난번 미팅 때 나왔던 조건이 바뀌어서 또다시 견적서를 써야만 한다.

그러나 큰 거래처임은 분명하다. 이번 납품 건도 정해야 할 내용이 아직 많이 남아 있다. 한동안 계속 관련 내용을 주고받으며 조율해야 할 일들이 생길 것이다. 특히 이번에 직접 이야기를 진행하는 우에노라는 남자는 꽤 까다롭다.

조건이 계속 바뀌는 것은 그의 변덕 탓이 아니다. 술타나 호텔 내에서 의견 조정이 매끄럽게 이루어지지 않아서였다. 그 내부 문제를 거래처에게 그대로 전가하는 것이다. 큰 주문을 하는 고객으로서 행사하는 일종의 갑질이었다.

주문한 메뉴가 나왔다. 아사미는 담배를 비벼 껐다.

커리에 스푼을 꽂아 비비면서 아사미가 말했다.

"그러고 보니 좀 희한한 게 있어."

"뭔데요?"

"우에노 씨한테 회사에서 여름 문안선물을 보냈잖아. 뭐 보냈는지 기억해?"

아사미가 그런 것을 잊어버릴 리 없는데.

"양과자 종합세트 아니었나요?"

"그치? 나도 그렇게 생각했는데, 아까 들었어. 신경 써서 보내 준 건 고맙지만, 술을 안 마시니까 보내지 말았으면 좋겠다고."

여름 문안선물은 회사에서 한꺼번에 발주해서 보낸다. 맥주 세트 같은 것을 선택하는 부서도 더러 있지만, 에이코의 부서에서 술을 보내는 일은 거의 없다. 누가 술을 마시는지 아닌지를 파악하는 게 쉽지 않기 때문이다. 주로 선택하는 것은 올리브오일이나 양과자, 혹은 커피 드립백 세트 등이다.

"다른 곳에서 보낸 선물과 착각하는 거 아닐까요?"

선물을 받은 사실은 분명한데, 다른 곳에서 보낸 물품과 헷갈리는지도 모른다.

"정정해 줄까도 생각했지만, 어쩌면 우리가 잘못 보냈을지도 모르니까 말이야."

그것도 틀린 말이 아니다. 우리의 착각일지도 모르고, 회사의 발송 실수일 수도 있다. 이럴 때 상대방의 말을 정정해야 할지 말지 판단하는 건 어려운 일이다.

"다음부터는 틀리지 않게 리스트에 확실히 명기해 둬야겠어. 우에노 씨에게는 알코올 종류를 보내지 않도록 말이야."

써 두면 담당자가 바뀌어도 안심이다.

아사미는 커리를 다 먹자마자 메뉴판을 집어 들었다.

"케이크 먹고 싶네. 에이코는 어떻게 할 거야?"

"오늘은 안 먹을래요. 어제 먹었거든요."

아사미는 종업원을 불러서 치즈케이크와 커피를 주문했다. 에이코도 커피 리필을 요청했다.

아사미의 치즈케이크를 보니 마도카의 케이크가 생각났다. 추프쿠헨이라고 했었지. 맛은 친근하고 익숙한데 이름을 외우기가 어렵다.

"그건 그렇고, 아사미 씨, 구즈이 씨 기억하세요?"

"구즈이?"

이름만으로는 금세 떠오르지 않는 모양이었다.

"6년 전, 우리 부서에 있었던 여직원이에요. 반년 정도 근무했어요."

"금방 그만뒀던 모양이네."

아사미도 계속 같은 부서에서 일했으니 기억할 거라고 여겼는데, 바로 생각나지 않는 모양이었다.

"나이 먹으니까 기억도 잘 안 나고, 큰일이야."

그 말을 들으니 쓴웃음이 절로 났다. 아사미는 마흔두 살이고 에이코와 다섯 살밖에 차이가 나지 않는다.

하지만 입사했을 때에는 아사미를 한참 연상이라고 생각했었다. 이미 결혼도 한데다 일도 잘하고, 뭐든 다 갖춘 멋진 사람이라고 여겼다. 다소의 결점은 차치하고라도 여전히 그녀를 존경하지만, 동시에 평등한 동료라는 마음이 더 크다. 20대 여자 직원들과는 세대가 다르지만 아사미와는 동 세대라고 느끼는 것이다. 아사미는 어떻게 생각하는지 잘 모르지만.

"그런데, 그 애가 무슨 일인데?"

"우리 집 근처에서 카페를 운영하고 있더라고요. 2년 전에 오픈했다는데 나는 지난달에 처음 알았어요. 그 집 치즈케이크가 정말 맛있었어요. 러시아풍 치즈케이크라던데."

그때까지 별 흥미를 보이지 않던 아사미가 갑자기 눈을 반짝였다. 그녀는 달달한 것을 좋아하는 사람이다.

"러시아풍이라니 어떤 거야?"

"코코아가 들어있는데…, 수제 느낌의 친근하고 편안한 맛이었어요."

"어머, 그럼 러시아풍 카페인 거야?"

"아니요, 그렇지는 않아요. 가끔 여행을 떠나서, 여행지에서 먹어본 맛있는 것들을 재현해 메뉴에 내고 있더라고요."

"우와, 우아하네."

에이코는 커피를 마시려던 손을 멈추었다. 아사미의 말에 가시가 있는 듯 여겨졌기 때문이다.

우아하다, 그렇게 느낄지도 모른다. 에이코도 처음에는 휴무가 많은 것에 놀랐으니까.

"여행 좋지. 애 딸린 사람은 해수욕장이나 테마파크만 다니는데. 하다못해 온천이라도 가서 푹 쉬고 싶은데 말이지."

아사미는 그렇게 말하면서 서빙된 케이크에 포크를 넣었다.

아사미가 좀 더 흥미를 보인다면 같이 가거나 추프쿠헨을 사다 줄까도 생각했는데, 그 정도까지는 관심이 없어 보였다.

하기야 아사미와 에이코가 쉬는 날까지 따로 만나는 관계도 아닌 데다 아사미는 늘 바쁘게 살아간다. 그러니 함께 카페에 갈 일은 없을 것이다.

입으로 들어가는 커피가 조금 쓰게 느껴졌다.

회사로 돌아가는 길에 문득 생각이 났다. 에이코는 아사미의 "우아하네."라는 말에 상처를 받은 것이다.

그녀의 말에 악의가 없다는 건 에이코도 알고 있다. 아사미는 솔직한 느낌을 뱉었을 뿐이다. 그럼에도 그 말에는 분명 야유 같은 감정이 담겨 있었다.

여행 떠날 시간이 있고, 좋아하는 일을 할 수 있다는 것. 매일 바쁘게 살아가는 아사미에게는 우아하고 여유가 있는 듯 보였을 것이다. 하지만 그렇게 본다면 에이코도 같은 상황이다.

아사미와 같은 일을 하고 있지만, 집으로 돌아가면 오로지 자신만을 위해 시간을 사용할 수 있다. 틀어박혀 있는 것을 좋아해서 여행을 즐기지는 않지만, 원한다면 언제라도 떠날 수 있다.

한데, 그게 우아한 것일까? 에이코는 종종 생각한다. 스스로가 선택하지 않은 것, 선택할 수 없었던 것들을. 결혼이나 아이, 부모 세대의 인간들이 생각하는, 보편적인 인생살이들을….

선택하지 않으면 시간의 여유가 생긴다. 하고 싶은 일을 할 수 있다.

그러나 과거에 선택하지 않았던 것들이, 오랫동안 발목을 잡기도 한다. 친척이 모이면 비꼬는 듯한 말을 듣기도 하고, 한심한 사람이 되어버리기도 한다. 선택하지 않은 것을 후회하지는 않지만, 가까운 사람들의 본심을 느낄 때면 충격을 받기도 했다.

자신에게 향한 말이 아닌데, 과민하게 반응하는지도 모른다. 아사미에게 딱히 화가 났던 것도 아니고, 사과를 받고 싶은 마음도 없다. 그럼에도 가슴 언저리가 아픈 건 사실이었다.

어제도 갔는데, 자연스레 발은 카페 루즈를 향하고 있었다.

이렇게 풀이 죽은 날에는 혼자서 집으로 곧장 돌아가는 것보다, 기분 전환을 하는 편이 좋겠지. 역에서부터 걸어서 카페 루즈에 도착했다. 테이블은 만석이지만 카운터 자리는 비어 있었다.

문을 열기도 전에 마도카가 알아차렸다.

"안녕하세요. 어서 오세요."

그녀가 안쪽에서 문을 열어주었다.

"오늘도 와 버렸네."

"너무 기뻐요."

혼자 살기 시작한 지 15년이 된다. 특별히 외로움을 타는 사람이라고 생각하지 않고, 혼자 있는 시간을 즐기는 편이다. 그러나 종종 하염없이 사람이 그리울 때가 있다. 친구를 불러서 만나는 것보다는 좀 더 가볍게, 아주 조금만 대화를 즐기고 싶다.

카페 루즈는 그럴 때 딱 적절한 장소가 된다.

카운터 가장 안쪽에 앉아서, 저녁 대신으로 파니니와 화이트와인을 알름두들러로 희석한 음료를 주문했다. 분주하게 일하는 마도카를 구경하면서 파니니를 먹고, 술을 마셨다.

그건 그렇고, 마도카는 결혼을 했을까. 제대로 물어본 적이 없다. 개인적인 것은 묻거나 알고 싶지 않다. 그런데 종종 여행을 떠난다니 독신이겠지, 멋대로 생각하는 것도 편견이다.

무심하게 가게를 둘러보는데 낯익은 얼굴이 눈에 들어왔다. 가게가 살짝 어두워서 몰랐는데 술타나 호텔의 우에노 씨였다.

45세 정도일까. 조금 나이 들어 보이는 얼굴이다. 그 앞에 앉아 있는 사람은 같은 호텔에 근무하는 30대 여성 직원이었다.

에이코는 서둘러 몸을 앞으로 돌렸다. 우에노는 분명 기혼이다. 사내결혼이었지만 부인은 이미 퇴사했다고 들은 적이 있다.

남녀가 둘이서 시간을 보낸다고 해서 불륜이라고 단정할 수는 없지만, 직장에 있을 때보다 두 사람은 훨씬 친밀해 보였다.

"무슨 일 있어요?"

"창가 쪽에 앉은 두 사람, 거래처 사람들이야. 오늘 만난 사람들인데 살짝 불편해서."

"그러셨어요?"

마도카는 아무 일 없었다는 듯 에이코 옆에 있던 캔들을 치웠다. 에이코 주변이 어두워졌다. 마시기만 하는 거라면 이 정도 어둠으로도 충분하다. 그들은 에이코가 있는 것을 알지 못할 터였다.

우에노가 마도카를 불렀다. 마도카는 추가 주문을 받으러 그

쪽 테이블로 갔다.

돌아온 마도카가 두 사람 분량의 하이볼을 만들기 시작했다. 자기도 모르게 물었다.

"두 사람도 술을 마신대?"

마도카는 의아한 표정을 지었다.

"그런데요…."

"아, 그래? 아무것도 아니야."

쓸데없는 질문을 해버렸다. 물론 두 사람이 술을 마시든 말든 상관없지만, 오늘 아사미가 했던 말과 모순된단 말이지. '신경 써서 보내준 건 고맙지만 술은 마시지 않으니까 보내지 않았으면 좋겠다.' 아사미는 분명 우에노로부터 그 말을 들었다고 했다.

뭐, 밖에서는 가끔 마시지만 집에서 마실 정도로 좋아하지 않는다는 의미겠지. 자세히 설명할 정도의 관계가 아니라면 '술을 안 마셔요.'라고 하는 편이 빠르다.

그러나 조금 묘한 기분이 드는 것도 사실이었다. 히노조명은 여름 문안선물로 술을 보내지 않았으니까.

아사미가 뭔가 착각을 한 것인지도 모른다.

"저 두 사람, 종종 와?"

"빈번하지는 않지만, 처음은 아니에요. 세 번? 네 번 정도 왔어요. 월 1회 정도?"

주기적으로 종종 만나는 사이일까. 간섭할 생각은 없지만, 솔직히 자주 얼굴을 마주치고 싶지는 않았다. 만약 불륜이라면 저

쪽이 더 불편하겠지.

"갈게."

"벌써요?"

마도카가 조금 서운한 표정을 지었다.

마도카에게 배웅을 받으면서 카페를 나왔다.

문을 닫기 전에 뒤를 돌아보니 얼굴을 가까이 갖다 대고 웃는 두 사람이 눈에 들어왔다. 억측은 하고 싶지 않지만 단순한 동료 사이로 보이지는 않았다.

다음날 출근하자마자 에이코는 선물리스트를 찾았다.

술타나 호텔의 우에노 앞으로 보낸 선물은 역시나 노포 양과자점의 구운과자 세트였다.

선물 배송을 대리한 백화점이 실수로 잘못 보냈을 것이라고는 여겨지지 않았다. 우에노의 착각일 가능성이 가장 커 보였다. 파일을 덮으려고 하다가 또 한 가지를 알게 되었다.

주소가 우에노 본인 집이 아니라 술타나 호텔 본사로 되어 있었다. 회사에 보내기 때문에 알코올류를 선택했을 리는 만무하다. 회사라면 양과자 세트 혹은 드립백 커피 세트를 보내는 것으로 정하고 있었다. 마침 지나가던 아사미를 불러세웠다.

"역시나 우에노 씨 선물, 양과자 세트였어요"

"그렇지? 주류 아니었지?"

둘이서 이야기하고 있으려니, 나카무라 아즈사가 대화에 끼어들었다.

"우에노 씨가 주류는 피해달라고 하던가요?"

에이코와 아사미는 서로 얼굴을 마주 보았다. 아즈사에게 말한 기억은 없다.

"작년이었나? 전화가 걸려왔어요. 명절선물로 술을 보내면 곤란하니까 주류는 피해줬으면 좋겠다고. 이상하다고 생각했어요. 구보타 씨가 주류 같은 건 안 보내니까요."

"안 보내지. 확실하게 술을 좋아하는 사람이라면 모를까, 더구나 술타나 호텔의 담당은 자주 바뀌니까 그때마다 물어보는 것도 귀찮잖아."

오래 보관할 수도 있는 과자류를 회사로 보내면, 개인의 기호를 확인하지 않아도 된다.

"그래도 있잖아. 우에노 씨가 뭘 착각하고 있는지 모르겠지만, 술은 피해달라고 반복해서 말한다면 우리가 몇 번이나 자기한테 주류를 보냈다고 생각하는 거잖아? 회사 이름이 비슷한 곳이라도 있는 걸까?"

여름 문안선물이나 명절선물을 보냈는데, 그로 인해 상대방이 기분이 나빠진다는 것은 너무나도 큰 손해다.

아사미가 미간을 좁히며 생각에 빠졌다.

"금요일에 가기로 했잖아. 그때 말해보는 게 좋을까?"

"다음에 또 같은 말을 하면, 그때 말해도 되지 않을까요?"

아즈사의 말에도 일리가 있다. 발주한 것을 잘못 납품한 것과는 상황이 다르다. 굳이 거래처 사람의 말을 정정해서 이쪽이 틀리지 않았다고 말하는 것도 뭔가 강요하는 듯한 느낌이 든다.

"이럴 때는 입 다물고 있는 편이 좋다고 생각하는 거, 이것도 일본적인 특성일까요?"

에이코가 말하니 아즈사도 아사미도 고개를 끄덕였다.

혼자만의 생각이지만 미국인이나 인도인이라면 그런 거 신경 쓰지 않고, 자신들이 틀리지 않았다고 말할 것 같았다. 대단한 것도 아닌 일로 괜히 풍파를 일으키지 않는 게 좋다고 여기는 것은, 정말로 일본스럽다.

왜인지 모르지만, 아즈사와 에이코가 아사미 쪽을 바라다보았다. 아사미는 조금 생각하더니 대답했다.

"이번에는 안 물어보는 것으로 할래."

그로부터 2주일쯤 지난 금요일, 에이코와 아사미는 다시 술타나 호텔로 향했다. 이번에는 이미 내부공사 중인 호텔로 들어가서 최종적인 의견 조정을 하기로 했다.

안전모를 쓰고 내벽이 벗겨져 있는 안쪽으로 들어갔다. 벽이 뚫려있고 부분부분 철골이 속을 드러낸 호텔 내부를 걸었다. 좀비 영화에 나오는 촬영장 같다고 생각했다. 어디에서 좀비가 나타나도 이상할 것 같지 않았다.

미팅을 하고 있는데 똑같은 안전모를 쓴 여성이 종종거리며 나타났다.

"아, 다테야마 씨."

우에노가 그녀를 불러세웠다. 다테야마라고 불린 30대의 여성이 힐끔 에이코 쪽을 보며 가볍게 인사했다. 에이코는 순간 흠칫 놀랐지만 아무 일도 없었다는 듯 인사를 했다.

설마 카페 루즈에서 만난 것을 그녀가 기억할까. 그때도 어디서 본 듯한 느낌이 들었기 때문에, 다테야마 쪽도 에이코를 기억하는지 모르겠다.

그사이 우에노 일행은 다른 직원이 불러서 자리를 떠나고, 아사미와 둘이 남게 되었다.

"아까 그 사람, 알아?"

"네? 좀 전에 본 그 여자요?"

"응, 다테야마였던가. 에이코한테만 인사를 하길래."

에이코 혼자만의 착각인가 싶었는데, 역시나 아사미에게도 그렇게 보였던 모양이다.

"얼마 전에, 술 한잔 하던 곳에서 봤어요. 말은 걸지 않았지만, 내가 알아볼 정도였으니까 그쪽도 나를 알아봤을지…."

만약 그녀가 화장실에 다녀왔다면 카운터 근처를 지났을 것이다. 에이코를 봤다고 해도 이상하지 않다.

"혹시 뭔가 들키면 안 되는 현장 같은 거였나?"

깜짝 놀랐다. 아사미가 뭔가를 알고 있는 걸까? 아사미는 주변에 사람이 없는 것을 확인한 후 목소리를 낮춰서 말했다.

"그 사람, 우에노와 불륜이라는 소문이 있던데, 정말일까?"

입을 다물려고 했지만, 거기까지 알고 있다면 백기를 들 수밖에 없었다.

"빙고. 우에노와 둘이서 술을 마시고 있었어요."

아사미는 크게 숨을 내쉬었다.

"아, 역시. 도오야마 씨랑 한잔 할 때 알려주더라고."

도오야마는 우에노의 상사이다. 품위 있는 여성으로 그런 말을 가볍게 할 사람으로는 보이지 않았지만, 아사미가 잘 끌어낸 모양이다.

"사내 여성들이 모두 열 받아 있는 모양이야. 아무렴 우에노의 아내가 직장 동료였으니까, 부인을 알고 있는 사람도 많겠지."

"그렇군요."

"게다가 부인이 건강이 안 좋아서, 이번 겨울 입원을 했다고 하거든. 무슨 병인지는 듣지 못했지만."

듣고 있자니 그다지 기분 좋은 이야기는 아니었다. 만약 자신의 회사에서 일어난 일이라고 해도 우에노와 다테야마에게는 비판적인 마음이 들 것 같았다.

다테야마가 다가오길래 에이코는 입을 다물었다.

"죄송해요. 우에노 씨는 급한 일이 생겨서 제가 지금부터 안내하겠습니다."

그렇게 말하는 그녀의 목소리에서는 어딘가 승리한 자의 자랑스러운 울림까지 묻어났다.

오랜만에 카페 루즈를 찾은 것은 그 주 일요일이었다.

한동안 들르지 못했다. 우에노 커플과 얼굴을 마주할지도 모른다는 불안감 탓에 발길이 향하지 않은 것이다.

일요일 오후, 테이블 좌석은 다 차 있었다. 카운터 가장 끝자리에 앉았다. 마도카는 언제나처럼 변함없이 상냥하게 라임이 든 물을 내주었다.

"그거, 전에 먹었던 러시아풍 치즈케이크 있어?"

"있지요. 추프쿠헨 말이죠?"

역시나 발음하기 힘들다. 추 다음 발음이 뭉쳐져서 어려운 음이라, 말할 때 자신이 없어진다.

"외우기 힘들어!"

알름두들러라는 이름도 아직 정확히 말할 자신이 없다.

마도카는 우후후, 웃었다.

"그렇긴 하죠. 독일어 발음이라서 일본어에는 없는 음이 많아요, 그쵸?"

그 말을 듣고 놀랐다.

"독일어인 거야? 러시아어가 아니라?"

"아, 네. 이건 독일 케이크랍니다. 베를린 근방에서 많이 먹는 것 같아요."

"러시아풍이라며?"

"그것도 포함한 이름이에요."

자기도 모르게 '아아,' 하며 소리를 크게 내고 말았다.

"그런 것들 많이 있잖아요. 나폴리탄은 이탈리아에는 없고, 텐진돈부리도 텐진이 아니라 일본에서 만든 요리고요."

듣고 보니 그렇다. 나가사키의 터키 라이스라는 것도 터키와는 전혀 관계가 없다고 하니까.

"터키 라이스는, 거기에 돈가스가 올려져 있으니까 이슬람교도가 많은 터키에서 만들어졌을 리도 없잖아요."

그런 예를 들으니 러시아풍 치즈케이크가 독일에서 만들어진 것도 납득이 되었다.

"삶은 계란의 노른자를 마요네즈와 섞어서, 용기에 거품을 낸 흰자에 넣은 요리를 프랑스에서는 러시아풍 계란요리라고 한대요. 러시아풍 요리도 무엇도 아닌데 말이에요. 러시아에서 이 케이크를 먹을 수 있는지 궁금해서 찾아봤는데 알 수가 없었어요. 바움쿠헨도 독일에서는 일부 지방에서만 먹어요. 그 바움쿠헨이 일본에서 인기가 있는 것과 비슷할지도 몰라요."

그 사실도 미처 몰랐다. 일본에서 바움쿠헨을 모르는 사람은 거의 없다.

"러시아 사람들은 유제품을 많이 먹으니까, 이 치즈케이크를 먹는다고 해도 이상할 게 없지만요."

놀라운 일투성이였다.

커피와 추프쿠헨이 눈앞에 놓였다. 나폴리에는 없는 나폴리탄 같은 거라니, 이제야 명쾌해진다.

추프쿠헨을 포크로 떠서 입안에 넣었다. 역시나 맛나다. 진하게 내린 커피와 특별히 더 잘 어울리는 듯하다.

음미하면서 생각했다. 러시아라는 이름이 붙었다고 해서, 꼭 러시아에서 왔다고 단정할 수 없다는 사실을.

그로부터 일주일쯤 지난 저녁이었다.

그 날도 에이코는 카페 루즈에서 커피를 마시고 있었다. 식사는 귀갓길에 해결했으므로 커피만 한 잔 마시고 갈 계획이었다.

마지막 주문 시간이었기 때문에 남아 있는 손님도 다른 한 팀뿐이었다.

나지막하게 흐르는 보사노바에 귀를 기울이면서, 주방 정리를 하는 마도카를 바라다보았다.

가게 문 열리는 소리가 들렸다. 뒤를 돌아보지 않았지만, 들어온 손님이 카운터 쪽으로 다가오는 느낌이 들었다.

"여기 앉아도 될까요?"

돌아보니 거기에 다테야마가 서 있었다. 놀랐지만, 가만히 고개를 끄덕였다.

여름 문안선물로 주류를 보내지 않았다는 사실은, 이미 아사미가 우에노에게 전화로 알렸다. 우에노는 놀랐다고 한다. 자택에 히노조명으로부터 소주가 도착했던 모양이다. 맥주라면 다른 거래처에 보낸 적이 있지만, 소주를 보낸 적은 없다.

히노조명과 술타나 호텔이 비즈니스 관계를 맺고 있다는 사실을 아는 사람은 많다. 다만 히노조명이 직원 자택이 아니라 회사 앞으로 선물을 보냈다는 사실을 아는 건 술타나 호텔 내부 사람들밖에는 없다. 그런데 한 거래처에서 선물 두 개를 동시에 보낸다? 우에노로서도 뭔가 잘못됐다고 감지했겠지. 거기에 숨겨진 저의가 몹시 궁금했을 것이다.

마도카가 걱정스러운 얼굴을 해서 눈으로 괜찮다는 사인을 보냈다. 다테야마는 어딘가 개운한 느낌의 말투로 말했다.

"회사, 때려치웠어요. 이젠 만날 일은 없다고 생각해요."

에이코 말인가, 아니면 우에노 말인가.

"알고 있어요? 우에노 씨의 아내가 알코올 의존증이래요. 입원해서 금주해도 집에 오면 또 마셔버려서 결국 같은 짓을 반복하고 있다고 해요."

왜 우에노가 집으로 주류를 보내는 것을 그토록 싫어했는지 충분히 이해가 된다.

다테야마가 낮은 목소리로 중얼거렸다.

"우에노 씨가 불쌍해요."

"병이군요. 게다가 우에노 씨는 아내를 치료하려고 노력하고 있었단 말이죠?"

"저한테는 헤어지고 싶다고 말했어요."

다테야마가 슬쩍 에이코를 노려보며 대꾸했다.

그 말이 진심이었을까, 아니면 다테야마와 사귀기 위해서 한 거짓말이었을까. 어느 쪽이라고 해도 기분이 좋지는 않았다. 어느 쪽 편도 들고 싶지 않았다. 모든 게 거짓투성이였다.

"그렇다고 해도 저희가 휘말리는 건 곤란해요. 당신이 우리 회사 이름으로 우에노 씨 자택에 소주를 보낸 거잖아요."

그것은 분명 악의적인 행동이었다.

다테야마는 입술을 꾹 물었다.

"우에노 씨가 말했어요. 다음에 또 마시게 되면 그때는 부인과 헤어질 거라고"

아아, 신음을 내며 에이코는 천장을 올려다보았다.

같은 세대 여성으로서 다테야마의 기분을 어느 정도는 알 듯했다.

조금씩 쌓여가는 나이. 수습할 수 없는 한계까지는 이제 얼마 남지 않았다. 손에 넣고 싶다, 보통 사람들에게 주어진 것을, 보통이라고 불리는 것을.

"몇 년, 사귄 거예요?"

깊이 관여하고 싶지 않다고 생각하면서도, 물어보고 말았다.

"12년입니다. 입사하고 바로였어요. 들키지 않도록 조심해왔는데, 부인이 알코올 의존증을 앓게 되면서, 뭔가 엉망진창이되어버렸어요. 왜 그런 칠칠치 못한 사람을 위해 내가 계속 참아야 하는지…."

그녀가 선택한 일이지만, 그녀에게만 책임을 물을 수도 없을 듯했다. 우에노 역시 치졸하다.

처음에는 수습할 수 있다고 믿었을 것이다. 개운하게 헤어지고 다른 사람을 만날 수도 있다고 여겼을 것이다. 하지만 결단하지 못하고 질질 끄는 사이, 되돌릴 수 없는 나이가 되어버렸다. 머잖아 결혼도, 자신의 아이도 갖지 못하게 된다는 생각에 이르면 남아 있는 시간이 턱없이 부족하게 느껴졌겠지.

다테야마가 꾸벅 머리 숙여 인사했다.

"히노조명 분들에게는 진심으로 죄송합니다. 너무 큰 민폐를 끼쳤습니다."

그 사죄가 우에노의 부인에게 향하면 어떨까 생각했지만, 입 밖으로 내지는 않았다. 이제 그만 돌아가려고 하는데, 다테야마가 에이코 옆 자리에서 움직이지 않았다.

그사이 테이블에 앉아 있던 마지막 손님들이 떠났다.

마도카가 접시를 두 개, 카운터에 놓았다. 유리 접시 위에 추프쿠헨이 놓여 있었다.

"괜찮으시다면, 이거 드세요. 내일이 되면 어차피 버려야 하니, 서비스입니다."

한순간 다테야마의 어깨가 떨렸다. 그리고 작은 울림이 흘러나왔다.

에이코는 알고 있었다.

신경을 팽팽하게 곤두세우고 있을 때, 누군가가 손 내미는 친절에 긴장의 끈이 확 풀려버리는 그 마음을.

달은 어디로 사라졌을까?

_____ 월병

9월에 들어서면 여름이 끝난 것 같은 느낌이 든다.

물론 착각이다. 아마도 어릴 적 여름방학이 8월 31일에 끝났기 때문에, 그런 생각을 하는 듯하다. 현실은 달이 바뀐다고 해서 갑자기 시원해지거나 가을이 오지 않는다.

어른이 되면, 여름이 즐거운 날만 이어지는 계절이 아님을 안다. 풀장이나 해수욕장에도 가지 않고, 불꽃놀이도 하지 않는다. 활동적인 성향이라면 캠핑이나 바비큐 등을 하러 갈지도 모른다. 하지만 에이코에게 그런 계획은 없다.

일주일 정도인 여름휴가 때도 방콕 하며 늘어지게 DVD를 보거나, 친구와 맥줏집에 가서 놀다 올 뿐이다.

게다가 서른을 넘기고부터 여름이 되면 심하게 더위를 먹는다. 가을이 오기만을 목 빠지게 기다리는 것이다.

그러면서도 여름이 끝나는 게 슬며시 허전해지는 마음은 뭐란 말인가.

어릴 적 추억 때문일까. 여름을 만끽하지 못한 것에 대한 아쉬움, 아직 뭔가 더 채워야 할 것 같은 초조함이 교차하는 듯하다.

초조하다고 하지만 이제 수영복을 입는 건 부끄럽고, 친구들도 방콕파가 많아서 캠핑이나 바비큐를 하자고 나서도 함께 놀아줄 사람이 거의 없다. 무엇보다 벌레에 물리는 것은 너무 싫다.

에이코가 즐길 수 있는 여름의 이벤트는 비어가든에 가거나 빙수를 먹는 정도이다.

올해는 여기에 한 가지, 카페 루즈의 체Che가 더해졌다.

베트남의 디저트인데, 마도카가 만드는 체는 빙수에 코코넛밀크와 팥, 과일 등이 들어있다. 빙수이지만 유리잔에 층층이 재료를 넣고 섞어서 먹는 모양은, 약간 파르페 같기도 하다.

"따뜻한 체도 있어요."

마도카가 그렇게 말했다. 따뜻한 체는 콩과 코코넛밀크, 달달하게 졸인 고구마 등을 섞은 것으로 젠사이前菜(일식에서 나오는 에피타이저)와 유사하다.

"그건 안 내는 거야?"

"전에 만들었는데, 그다지 반응이 좋지 않았어요. 따뜻하고 달달한 코코넛밀크는 일본인에게 안 맞는 모양이에요."

듣고 보니 에이코도 차가운 쪽이 더 좋다.

카페 루즈의 메뉴는 종종 바뀐다. 러시아풍 추프쿠헨과 시나몬롤 같은 간판메뉴도 있지만, 계절에 따라 달라지거나 마도카가 여행지에서 발견한 새로운 과자들이 추가되기도 한다. 그리고 인기가 없는 메뉴는 조용히 사라지는 것 같다.

달이 바뀌면 또 한 가지 서운한 것이 생겼다.

카페 루즈는 월초가 되면 문을 닫는다.

여름 동안은 녹차 과자가 넘쳐난다.

에이코 회사의 추석 연휴(양력 8월 15일이 있는 주)는 사흘뿐이다. 따라서 각자 7월부터 9월까지, 일정이 겹치지 않도록 여름휴가 계획을 잡는다.

추석 연휴와 잘 연결하면 토·일요일 포함 열흘가량 휴일을 만들 수 있으니, 해외여행도 가능해진다. 각자 형편에 따라 여행 비용이 비싼 추석 연휴를 피해 휴가 일정을 잡거나, 9월 후반부의 경축일 휴일들과 묶어서 장기 여행을 떠나기도 한다.

휴가가 끝나면 모두 선물을 들고 온다. 그러니까 이 시기에는 선물이 집중되어 티타임이 풍요로워진다는 뜻이다.

대체로 에이코가 다니는 회사에서는 자신들의 부서에서 나누고 혹시 남으면 다른 부서에 돌리거나 탕비실에 놓아둔다. 탕비실에 갖다두는 과자류는 티타임 때 누구라도 먹을 수 있다.

물론 맛있는 것은 순식간에 사라지지만, 그저 그런 것들은 거의 줄지 않고 오랫동안 남아서 방치된다.

에이코는 여행을 자주 가는 편이 아니지만, 그럼에도 자기가 사 온 선물이 줄어들지 않으면 살짝 충격을 받는다. 반대로 금세 사라지면 자신의 센스가 인정받는 것 같은 기분이 들기도 한다.

처음 가는 곳에서 선물을 살 때는 어떤 것이 맛있는지 알 수가 없으니 가능한 한 수량이 많고, 가격이 싸고, 유통기한이 긴 것을 선택한다. 하지만 그럴 경우 확실히 실패하고 만다.

전에 아사미가 말한 적 있다.

"맛있는 것들은 말이야. 대체로 가격이 비싸고, 유통기한이 짧은 거야."

진리다. 다만 회사에 가져오는 선물용 과자를 최고급품으로 할 수도 없고, 유통기한이 짧은 것은 선물들이 겹칠 때 애매할 수도 있다. 결과적으로 포장만 다른, 어딘가에서 먹어 본 적 있는 쿠키나 만주 같은 것만 고르게 된다.

"가만 보면, 선물 과자 고르는 센스가 돋보이는 사람들이 있잖아요."

점심시간에 회사 접객실 소파에서 휴가선물에 관해 이야기하고 있는데, 시오자키 에리나가 그렇게 말했다.

그녀는 갓 스물세 살이지만 무서울 정도로 똑 부러진다. 잔업도 필요하면 알아서 하고, 매일 자신이 만든 도시락을 들고 온다. 에리나가 입사하고 같은 부서에서 일하기 시작했을 때, 아즈사와 아사미가 이야기를 했었다.

"우리가 신입사원이었을 때는 저렇게 잘하지 않았잖아?"

최근에 취직이 어려워진 탓인지, 제대로 된 아이들이 많이 들어온다. 에이코가 입사할 무렵에는 잔업보다는 놀고 싶다는 마음이 훨씬 더 컸고, 선배들한테 한 소리를 듣더라도 한 귀로 흘려버렸다.

일년 정도 지나서 알게 되었다. 에리나가 가장 똑 부러지는 부분은 지갑의 끈을 묶는 능력이라는 사실을.

매일 도시락을 싸 오는 것도 근검절약을 위해서이고, 잔업을 싫어하지 않는 이유도 잔업수당을 벌기 위함이다. 탕비실에 남겨진 그다지 맛없는 과자도 맛있게 먹길래 그녀가 선물 센스 따위에는 신경 쓰지 않는다고 생각했었다.

"센스가 돋보이는 사람이 있기는 하지. 시시도 씨였던가, 항상 맛있는 것을 사 오는…"

아즈사가 그렇게 대꾸했다. 시시도는 멘터넌스 팀에 있는 30대 남성이다. 둥근 얼굴에, 단 걸 매우 좋아할 것 같은 인상이다.

아사미는 다리를 풀었다가 다시 꼬며 말했다.

"시시도 군은 덕후 같은 성격도 있는 데다 단 거를 유독 좋아하니까 아마도 맛있는 것을 사전에 조사한 후 멀리까지 가서라도 사 오는 거 같아."

"센스에도 정보수집과 성실함이 중요한 건가요?"

에리나의 질문에 아사미가 고개를 끄덕이며 대꾸했다.

"그럼. 게다가 그가 사 오는 선물들은, 대체로 유통기한이 짧아. 맛있어서 금세 사라져버리긴 하지만"

분명 돈도 많이 썼을 것이다.

선물 이야기를 시작한 것은 무슨 전조였을까.

그 날 저녁, 사건이 일어났다.

에이코가 커피를 내리기 위해 탕비실에 서 있을 때, 시시도가 들어왔다.

"나라 씨, 잔업하시는 거예요?"

오후 5시 20분. 퇴근 시간까지 10분 정도 남았는데 커피를 내리는 사람은 대체로 잔업을 하거나 한가해서 시간을 죽이는 것, 둘 중 하나다.

"이번 주는 조금 바쁘네요."

시시도가 탕비실에 놓인 과자들을 뒤적이기 시작했다. 누군 가가 수족관에 다녀왔는지 상어 모양 쿠키, 캐릭터 캔에 들어있 는 초콜릿, 상자에 들어있는 모나카 같은 것들이 쌓여있었다.

무엇을 고르나 보고 있으려니, 그가 한숨을 크게 쉬면서 상자 뚜껑을 덮었다.

"나라 씨, 혹시 여기에 있던 월병 못 보셨어요?"

"월병이라면 그 중화풍의 과자?"

"네 맞습니다. 좀 큼직한…."

손으로 크기를 만들어 보였다. 직경 10센티미터 정도일까.

"못 봤는데요…."

에이코도 한 번 먹어본 적이 있어서 어떤 것인지는 안다. 에 이코가 먹었던 것은 갈아 뭉친 깨가 가득 찬 월병이었다. 쫀득하 고 달달한 데다 먹고 나니 의외로 배가 불렀던 기억이 있다.

다만 누군가에게 자주 받아보는 과자도 아니고, 주변에 '월병 을 좋아해.'라고 말하는 사람도 거의 없었다. 즉 이름은 알지만,

일상에서 자주 먹는 과자는 아니다.

"월병, 누군가가 사 왔었나요?"

"저희 팀 와카이 계장님이요. 따님이 지금 베이징에서 유학 중이라고 해요."

"아하 그렇군요."

와카이 계장과는 인사 정도는 나누지만, 제대로 대화를 해본 적이 없다.

"그 따님이 여름휴가 때 사 온 월병을 와카이 씨가 회사에 가져왔는데, 무슨 일인지 한순간에 없어져 버린 거예요. 혹시 누군가가 착각해서 탕비실에 가져다 둔 건 아닐까 싶어서, 찾아보려고 했는데."

"오늘 오후에는 못 봤어요…. 언제 없어졌어요?"

그러잖아도 오늘 점심때 선물 이야기를 한 까닭에, 어떤 것들이 탕비실에 있는지 신경 쓰며 살펴보던 차였다. 따라서 순식간에 사라지지 않는 한, 월병 상자 등은 없었다고 단언할 수 있다.

설사 누군가가 먹었을지라도, 상자는 대체로 그냥 남겨진다.

"오늘 아침이었던 것 같은데…."

"같은데?"

시시도는 석연찮은 표정으로 말했다.

"오늘 아침, 와카이 씨가 월병 상자를 들고 왔어요. 여덟 개 들어있었고, 우리 부서원이 여덟 명이니까 모두에게 나눠 주라고…. 종이가방에 들어있는 것을 제 책상에 뒀어요."

아무래도 시시도는 바로 나누지 않고, 오후까지 그것을 놔둔 모양이다.

"월병이라면 서둘러서 먹지 않아도 되잖아요. 그때 바로 나눠 줬으면 좋았을 텐데."

일이 대략 끝나가던 오후에 월병이 생각나 종이가방에서 상자를 꺼냈는데, 상자 안에 든 것은 네 개뿐이었다고 한다.

"어쩌면 와카이 씨가 착각했을지도 모른다고 생각했어요. 그래서 여덟 명 중 딱히 필요 없다고 하는 사람들을 빼고, 먹겠다고 나선 네 명에게 나눠주었어요."

그걸로 잘 마무리되었다고 여겼는데, 외출에서 돌아와 그 말을 들은 와카이 씨의 얼굴색이 변했다.

내가 거짓말을 했다는 건가, 나는 분명히 여덟 개 들어있는 상자를 가져왔다, 누군가가 일부러 가져가 버린 것은 아닌가…. 와카이 씨가 그런 말을 반복하면서 사태가 커져 버렸다.

"물론, 우리 부서 멤버들은 아무도 안 가져갔다고 말하고 있어요. 저도 그렇고요. 그런데 와카이 씨는 '분명코 여덟 개 가져왔다'고 하니, 계장님이 거짓말을 하는 것 같지는 않아요."

시시도는 우울하게 한숨을 쉬었다.

"시시도 씨 책상에 올려 뒀다는 거죠? 누군가가 가져갔다면 시시도 씨가 모를 리 없잖아요?"

"그게, 제가 오늘 여러 번 자리를 비웠거든요. 부서 내에는 항상 사람이 있었으니까, 누군가가 들고 나가지는 않았을 것 같은

데, 그렇다고 직원들이 종이가방을 계속 감시하고 있었던 것도 아니고…. 확실하게 아무도 들고 나가지 않았다고 단언할 수도 없지요."

귀중품이라면 항상 주의하며 몸에 지니고 다니겠지만, 과자가 든 가방이나 상자까지 그렇게 신경을 쓰지는 않겠지.

"그래도 부서에서 모두가 자리를 비운 적은 없으니까, 누군가 모르는 사람이 들어와서 조용히 가지고 나갔을 리는 없어요. 부서의 누군가가 들고 나갔거나, 사내 누군가가 들어와서 가지고 가버렸다면 모를 일이지만요."

"흐음…."

현금 같은 것도 아니고, 월병이다. 일부러 들고 갈 사람이 있을까 싶다.

"그래서 혹시 누군가가 탕비실에 가져다 두지 않았을까 생각해서 보러 온 거예요."

훔쳐서 들고 나간 것이 아니라 선물 과자가 남았다고 생각해 탕비실에 가져다 둔 사람이 있다면 이해가 간다.

"아무래도…, 와카이 씨가 착각한 거 아닐까요?"

"저도 그렇게 생각은 하는데…."

에이코는 와카이 씨에 대해서 잘 모르지만, 이런 경우 와카이 씨가 착각했다고 보는 게 가장 자연스럽다. 에이코라면 크게 신경 쓰지 않고 '내가 착각했나 보다' 할 것 같다. 하지만 상사를 향해 '착각하신 거 아닐까요?'라고 말하기는 어렵겠지.

"와카이 씨가 착각이 아니라고 너무나 강하게 말해서 좀 찾아보려고 했어요. 방해해서 죄송합니다."

나가는 시시도의 뒷모습을 보면서, 에이코는 생각했다. 없어졌다고 해서 큰 손해가 나는 것도 아니고, 문젯거리도 아니잖은가. 이렇게 생각하는 것도 무사안일주의라고 할까.

두 시간가량 잔업을 한 후, 귀가하기로 했다.

집에 가서 저녁을 만들어 먹는 것도 귀찮으니 어딘가에서 먹고 가려고 생각하다 보니 벌써 전철역 근처까지 와 버렸다.

자신을 우유부단하다고 생각하는 건 바로 이런 상황이다.

회사 근처나 환승역이라면 맛있는 커리집도 많고, 간편하게 먹을 수 있는 이탈리안 식당도 있는데 말이다. 전철역에도 식사가 가능한 가게가 있지만, 전부 다 좁아서 불편하다.

아쉽게도 오늘은 6일이다. 9일 이후라면 카페 루즈가 있지만. 그렇게 생각하면서 집을 향해 걸었다. 아직 마트가 열려 있을 시간이니까, 반찬이라도 사서 가야지. 에이코는 조금 멀리 돌아 큰 마트에 가기로 마음먹었다.

마트를 향해서 걷다 보니, 카페 루즈가 가까워졌다.

자연스럽게 발걸음이 빨라졌다. 간판도 나와 있고, 입구와 연결된 계단에는 '영업 중'이라는 푯말이 걸려 있었다.

생각지 못한 행운이었다. 에이코는 계단을 뛰어 올라갔다.

가게 안을 둘러보았다. 카운터 안쪽에서 마도카가 요리하는 모습이 눈에 들어왔다. 문을 밀고 안으로 들어가니 마도카가 얼굴을 들었다. "어서 오세요." 말하다가 에이코임을 확인한 마토카의 얼굴이 환하게 바뀌었다.

"아, 나라 씨. 안녕하세요."

"오늘 쉬는 날인 줄 알았는데."

"빨리 돌아오는 바람에 그냥 열었어요. 대신 가능한 메뉴가 얼마 안 돼요."

손님은 창가 쪽 테이블에 앉은 남녀뿐이었다. 근처에 사는 단골들이고, 에이코와도 이야기를 나눈 적이 있다.

빈 테이블 자리가 많았지만, 마도카와 이야기를 하고 싶어서 카운터에 자리를 잡았다.

"저녁을 아직 못 먹었는데, 요깃거리가 있을까?"

"토마토소스 파스타나 베트남 샌드위치라면 만들 수 있어요. 그리고 커리도 기다려 주시면 만들 수 있고요"

"그럼, 파스타로."

"알겠습니다. 마실 거 필요하세요?"

언제나처럼 알름두들러로 희석한 화이트와인을 주문했다.

마도카는 음료와 함께 작은 접시를 놓았다. 안에는 호박씨가 들어있었다.

마도카는 이번 달에 어디를 다녀왔을까. 물어보면 이야기해 주겠지만 맞춰보고 싶다는 생각이 들었다. 호박씨를 쪼개서 안에 든 것을 빼내 입에 넣었다. 소금으로 볶아서 고소하다.

6일에 가게를 열었으니까, 그렇게 먼 곳은 아닐 것 같다. 사나흘 정도 다녀올 만한 곳. 동남아시아나 대만 혹은 홍콩….

"다녀온 곳은 더운 곳? 추운 곳?"

"으음. 대체로 추운 곳이라고 할 수 있을 것 같아요. 9월이니까 아직 그 정도는 아니지만요."

"그럼 동남아나 대만, 홍콩은 아니겠네. 한국이나 중국?"

마도카는 파스타를 냄비에 넣으면서 후후 웃었다.

"블라디보스토크나 하바롭스크라면 3박이나 4박 정도로 다녀올 수 있어요."

러시아까지 후보에 넣으면 두 손을 들어야겠다. 중국 도시 이름도 잘 모른다.

"그렇게 마이너한 장소는 아니에요. 베이징입니다."

베이징은 물론 알고 있다. 이웃 나라 수도이다. 그런데 만리장성이나 천안문광장이나 그런 단편적인 정보뿐, 자세한 것은 모른다.

음식도 그렇다. 베이징덕은 알고 있지만, 베이징 시민이 매일 베이징덕을 먹지는 않겠지. 마파두부가 사천요리라는 것은 알지만, 베이징 요리로 어떤 것들이 나올지는 상상도 안 된다.

중화요리는 주변에서 종종 만난다. 다만 너무 친숙해서 본고장의 맛과는 거리가 있을 것 같다는 느낌이 든다.

"베이징 요리는 어때?"

"중국 북부지역이니까, 분말문화라고 할 수 있어요. 밀가루와 고기가 많아요. 물만두나 교자, 양고기 샤부샤부라든가."

마도카는 막힘없이 술술 대답했다. 하지만 모두가 카페 메뉴에는 어울리지 않는다는 생각이 들었다.

삶아진 파스타를 재빨리 토마토소스에 비벼 섞어서 파스타가 완성되었다. 마도카가 파르마산치즈를 뿌려 카운터에 파스타를 내려놓았다.

"많이 기다리셨습니다."

파스타 접시와 함께 작은 그릇이 나왔다. 안에는 당근과 참치 샐러드가 들어있었다.

배고픔이 거의 한계에 다다랐다. 후후 불면서 우선 샐러드부터 먹었다. 드레싱에서 참깨 향이 풍긴다.

"뭔가 메뉴에 참고할 만한 게 있었어?"

파스타를 포크로 돌돌 말면서 물었다.

"이번에는 중화과자를 찾으러 갔었어요."

"중화과자? 월병 같은 거?"

"월병이 일본에서는 유명하죠. 월병은, 중국에서는 딱 지금 계절에 먹는 과자예요."

"지금 계절?"

"아, 조금 빠를 수 있겠네요. 대체로 9월 후반, 중추명월의 날을 중추절이라고 해서 매우 중시하거든요. 월병은 중추절 과자인 거죠."

달의 떡이니까, 월병. 명료하다.

"맛도 있고 저도 좋아하는데, 계절을 위한 음식이기도 해서 어찌 보면 먹고 싶을 때 먹는 음식이라기보다는, 신세 진 분들께 선물로 보내는 과자라고 할 수 있겠죠. 그래서 월병도 샀지만, 다른 중화과자를 이것저것 샀어요."

말을 들어도 중화과자에 다른 어떤 게 있는지조차 모른다. 복숭아 모양을 한 딤섬이나 안닌도후 같은 건 알고 있지만, 사서 들고 올 만한 음식은 아니다.

"괜찮으시면, 디저트나 선물로 어떠세요?"

마도카가 손가락으로 가리킨 것은 카운터 옆에 있는 유리케이스였다. 항상 수제 쿠키와 구운과자류 등을 넣어두는 곳에, 익숙하지 않은 과자가 진열되어 있었다.

"이게 중화과자?"

처음 보는 것들이지만 구운과자임에는 분명하다. 잘 구워진 색감의 파이와 케이크 같은 것이었다.

마도카는 사각 케이스를 가리켰다.

"이것은 유명하죠? 펑리수. 파인애플 과자예요."

대만 다녀온 사람이 사 온 걸 받아서 먹어본 적 있다.

파이가 둥근 꽃처럼 된 과자를 가리키며 마토카가 계속했다.

"이거는 천층병. 밀푀유처럼 생긴 파이 안에 팥소가 들어있어요."

다음은 두꺼운 비스킷 같은 과자.

"이거는 오매수. 파인애플 케이크의 속이 매실 소로 채워진 과자예요."

그 외에도 이름을 알 수 없는 여러 종류가 진열돼 있었다.

"중국 고유의 과자류도 있지만, 아마도 양과자에서 영향을 받은 게 많은 듯해요."

포르투갈에서 전해진 후 독자적으로 진화한 일본의 카스텔라처럼.

파스타와 샐러드를 다 먹었으니, 오매수를 하나 먹어보기로 했다. 마도카는 중국 차를 내려주었다.

비스킷 같은 과자를 베어 물으니 바삭거리면서도 부드러웠다. 입안에 매실의 새콤달콤함이 퍼져나갔다. 달지만, 월병의 농후한 단맛과는 달랐다. 산미도 있어서 경쾌했다.

"맛있어!"

중국 과자에 대해 지금껏 갖고 있던 이미지가 한순간에 바뀌어 버렸다.

"월병은 묵직한 단맛인데, 그렇지 않은 과자도 있어요."

"중화요리를 일상적으로 먹는 탓에 중국 음식을 잘 알고 있다고 착각하지만, 실제로는 모르는 게 너무나 많은 것 같아."

"여행을 떠나면, 그런 생각을 종종 해요. 내가 모르는 것이 너무 많다는 사실을 깨닫기도 하고, 내가 상식이라고 여겨온 것들이 다른 어딘가에서는 전혀 그렇지 않다는 것도 알게 되지요."

마도카의 말에 에이코는 깜짝 놀랐다.

카페 루즈에 오면, 자신도 같은 체험을 한다. 물론 유사체험에 불과하지만, 자신의 눈에 보이던 세계가 전부가 아니라는 것을 매번 실감한다.

"그러고 보니 오늘 말이야, 오늘 월병을 둘러싼 신기한 이야기를 들었어."

말을 꺼내자 마도카의 눈이 동그랗게 커졌다.

"월병을 둘러싼?"

"응, 놀라운 일이야. 이렇게 중화과자에 대해서 많이 생각한 날이, 또 있었나 싶어."

"인연이라는 것이 그런 듯해요."

그럴지도 모른다. 그때까지 멀기만 했던 어떤 것이 갑자기 훅, 삶으로 파고들어 친근한 것이 되어버린다. 사람 간 만남도 그런 느낌이다.

"그래서, 신기한 이야기라는 게 뭐예요?"

마도카가 재촉하자 에이코는 이야기를 이어갔다.

다음날, 출근한 에이코는 시시도를 찾았다.

그는 자신의 책상에 앉아 있었다. 손 신호로 그를 불렀다. 시시도는 놀란 얼굴을 하며 다가왔다.

"무슨 일이신가요? 나라 씨."

지금까지 종종 대화한 적은 있지만, 불러세우거나 일부러 자리까지 가서 이야기할 정도로 가까운 사이는 아니었다.

"월병, 찾았어요?"

시시도는 표정이 어두워지며, 고개를 가로저었다.

"아직요. 와카이 씨가 신경을 쓰고 있는 듯해서 저도 계속 마음에 걸립니다."

와카이가 신경을 쓰는 것이라면, 물어볼 만하다.

"나한테 가설이 있어요. 그러니까 몇 가지를 와카이 씨에게 확인해 봤으면 해서…."

시시도는 뭔가 미심쩍다는 표정이었다.

"하나는, 와카이 씨가 정말로 상자를 열어서 여덟 개가 있는지 확인했느냐 하는 것. 만약 확인하지 않았다면 왜 여덟 개라고 생각했는지."

"그것뿐이에요?"

"그리고 와카이 씨가 월병을 먹었는지 아닌지도 물어봐요."

"그게, 월병이 없어진 것과 관련이 있나요?"

"어쩌면 관계가 있을지도 몰라요."

그 점은 대답을 듣지 않으면 알 수 없다. 또 한 가지 확인하고 싶은 게 있다.

"시시도 씨, 그 월병 받았어요?"

"아, 네. 아예 단 것을 싫어하는 사람도 있고, 다이어트를 하는 사람과 월병 자체가 별로라고 하는 사람도 있었거든요."

그렇게 말하면서 머리를 긁적였다.

"그것보다 정말 먹어보고 싶었어요. 맛이 아주 훌륭한 월병이라고 들었기 때문에."

"그래서, 맛봤나요?"

"아니요, 유통기한이 남아 있어서 아직 안 먹었어요. 게다가 월병은 중추의 보름달이 뜰 때 먹는 거 아닌가요?"

역시, 단것을 좋아하는 사람은 다르네. 정보수집을 빼놓지 않는다는 것도 맞는 소리였다.

"와카이 씨에게 그 세 가지를 확인해 주시겠어요? 점심시간에 다시 봐요."

그렇게 말하고 각자의 자리로 돌아왔다.

점심때가 되자마자 둘은 동시에 자리에서 일어났다. 시시도가 에이코의 자리로 걸어와 이야기를 시작했다.

"물어봤어요. 우선 상자는 열어보지 않았다고 해요. 포장된 것이었으니까, 따님이 들고 온 종이가방 그대로 회사로 가져왔다고 합니다."

"역시."

본인도 모르게 소리를 냈다.

"역시라면, 뭔가 짐작하신 게 있나요?"

에이코는 웃기만 했다. 그것을 생각해낸 것은 마도카였다.

시시도는 약오른 듯한 얼굴이 되어서 물었다.

"그럼 또 하나의 대답은 어땠을 것 같나요?"

"음, 아마도 와카이 씨는 월병을 먹지 않았을 거예요."

"맞아요. 오래전에 먹었는데 그다지 입에 맞지 않아서, 봉투

째 회사로 가져와서 나눠준 거라고."

"그런데 여덟 개가 들었다고 믿는 건, 따님이 그렇게 말했기 때문이겠죠."

시시도는 놀란 얼굴이 되었다.

"오호, 맞아요."

"오호?"

"와카이 씨는 따님에게 이메일을 받았다고 해요. 거기에 '8개 입'이라 적혀 있었다고. 와카이 씨는 따님이 거짓말을 했거나 잘 못 알았다고 생각하기 싫은 듯합니다. 메일도 보여주셨어요."

"보여주셨다고요? 그럼 메일에 '8개입'이라고 정확히 쓰여 있던 거예요?"

시시도가 고개를 끄덕거렸다.

"월병은 전부 8개 들어있습니다. 즐겨 주세요'라고. 뭐, 미스 타이프로 인해서 묘하게 로맨틱해질 것 같았지만."

"미스타이프?"

"네, 실제로 쓰여있던 문장은 이래요. '달(月)이 전부 8개 들어 있습니다. 즐겨 주세요'라고."

에이코가 눈을 크게 떴다. 역시 마도카의 예상이 적중했다.

"있잖아, 시시도 씨. 그거 미스타이프가 아니라, 여덟 개 들어 있는 것은 월병이 아니라, 월(달)이었던 거예요. 분명히."

시시도의 눈이 동그래졌다.

처음 카페 루즈에 온 시시도는 눈을 반짝이며 유리케이스를 뚫어져라 보았다.

"우와! 전부 다 맛있어 보여요. 팡 데피스는 알자스 지방의 것이죠? 먹어보고 싶어요. 러시아풍 추프쿠헨이라는 것도 실물은 처음 봤습니다."

이런 모습을 보니 단 걸 좋아하는 사람은 정말로 참기 힘든 모양이었다. 과자 선물을 사 오는 센스가 남다른 것도, 자신이 좋아하거나 먹고 싶은 것들을 찾아서 가져오기 때문일 것이다.

"중국 과자도, 여러 가지가 있군요. 우와! 파인애플 케이크…"

너무나도 진지하게 몰입하는 모습에 마도카마저 살짝 놀란 듯했다.

"구운과자는 테이크아웃도 가능합니다. 중화과자라면 2주 정도는 보관이 가능하고요."

"너무 좋네요. 그럼 포장 부탁합니다."

만면에 미소를 지으며 시시도는 카운터로 돌아왔다.

마도카가 재스민 티를 포트에 내주었다. 시시도는 종이가방에서 월병을 꺼냈다.

"이거예요. 와카이 씨에게 받은 월병."

"중추의 보름달은 아직 조금 남았지만, 잘라봐도 될까요?"

"그럼요, 괜찮아요. 혼자 먹기에는 조금 크긴 하네요."

직경 10센티미터 정도지만, 케이크하고는 달라서 월병은 속이 꽉 차 있다. 혼자서 한 개는 좀 무겁겠지.

"그럼 잘라 볼게요."

마도카가 월병에 나이프를 넣었다. 스윽, 잘린 월병의 단면에 두 개의 달이 있었다.

"우와! 정말로 달이 있다."

"오리 알을 소금에 절인 거예요. 계란보다 조금 작지요."

연꽃 열매 소에 노른자가 둘. 분명 두 개의 달처럼 보였다.

"디저트에는 계란을 사용하지만, 소금에 절인 노른자를 통째 소 안에 넣는 것은 일본인에게는 없는 발상이지요."

에이코의 말에 마도카도 고개를 끄덕거렸다.

"그래도 소금에 절인 노른자가 들어있으면 너무 달지 않아서, 단 걸 싫어하는 사람들도 먹기 편해지는 것 같아요. 게다가 노른자가 들어있는 월병은 고급품이랍니다."

신세를 많이 진 사람들에게 선물로 보내는 과자 선물이라고 마도카가 말했었다. 그래서 와카이 계장의 딸은 아빠에게 월병을 선물했으리라.

'여덟 개의 달이 들어 있다'는 이메일을 보낸 것은 어쩌면 재미있는 유희였을 터이다. 그것을 와카이 씨는 '8개의 월병'을 잘못 타이핑한 거라고 생각했다. 여덟 개라면 직원들의 선물로 딱 맞으니까. 그렇게 생각하며 회사에 가져온 탓에 트러블이 발생했다. 원래부터 월병은 네 개였고, 하나의 월병에 두 개의 달 즉, 노른자가 들어있었던 거다.

"와카이 씨는 이해하시던가요?"

"네. 따님에게 확인해서 오해였음을 알게 되었다고 합니다"

시시도는 갑자기 생각난 듯 월병을 내밀었다.

"아, 이거요. 저도 먹을 테니 여러분도 드세요."

"그럼 감사히 먹을게요."

네 개로 자른 월병 중 하나를 에이코가 손으로 집었다.

소금에 절인 노른자의 염분 맛이 단맛 안에 엑센트를 주고 있었다. 연꽃 열매의 소도 단맛이 질척이지 않아서 예전에 먹었던 월병보다 훨씬 맛있었다.

"나, 이거 좋아."

노른자가 소와 적절하게 어우러지는 맛이 너무 좋았다.

"그렇죠? 저도 정말 좋아해요."

어쩌면 이 소동으로 가장 득을 본 것은 에이코인지도 모른다.

이런 기회라도 없으면, 월병이 이렇게 맛있는 음식인지 영영 알지 못했을 테니까.

층층이 둘러싸인 마음

도보스 토르타

어른이 되면, 친구를 만날 기회가 현저하게 줄어든다. 만일 고등학교 시절의 자신이 이 사실을 안다면, 깜짝 놀라며 절망할 정도로 말이다.

두세 달에 한 번 만나는 친구는 꽤 있다. 매우 사이가 좋은 친구가 여기에 속한다. 대학 시절 친구들과는 반년에 한 번 정도? 생각 없이 지내다가는 1~2년간 못 만나고 지날 수도 있다.

어쩌면 에이코에게 친구가 적은 편일 수도 있다. 그렇다고 해도 외톨이라고 할 만큼은 아니다.

고등학교 때는 친구와 늘 붙어 다녔고, 대학교에 들어가서는 아르바이트나 취미 생활로 바빴지만 매달 한 번 정도는 그 시절 친구를 만났다. 물리적으로 거리가 먼 사이가 아니라면, 한 해에 한 번도 안 만나는 친구라는 건 생각할 수도 없었다.

그러고 보니 사회인이 되어서도 20대 무렵에는 지금보다 빈번하게 친구를 만났더랬다. 30대 후반이 되면서 친구들의 환경도 바뀌었다. 지방으로 전근을 간 친구도 있고, 결혼해서 아이가 생긴 친구도 많다. 그렇게 되면 만나는 횟수가 확 줄어든다.

환경의 변화만이 아닐지도 모른다. 나이가 겹겹이 쌓이면서 시간 흐르는 속도가 빨라진다. 한 해가 눈 깜짝할 사이에 지나가 버린다. 지금 일년은 고등학교 시절의 한 학기 정도 감각이다.

무서운 것은, 앞으로 더욱더 시간이 짧게 느껴지리라는 사실이다. 40대가 되고, 60대가 되고, 80대의 할머니가 되면, 하루는 한 시간 정도의 감각일지도 모른다.

10대나 20대에는 나이가 들면 젊음을 잃어버리는 게 가장 무섭다고 생각했다. 30대가 되면 그건 그다지 두렵지는 않다. 대신 자신의 인생이 체감적으로 변곡점을 지났다는 생각에 살짝 두려워지기 시작한다. 어찌 되었든, 그 일은 중학교 시절부터 친구인 다마코가 놀러 왔을 때 일어났다.

"부럽다. 혼족."

다마코가 소파에 늘어지듯 누우며 말했다. 에이코는 쓴웃음을 지었다. 오늘만 세 번째 하는 말이다.

"10대 같은 소리 한다."

"솔직히 너무 부럽잖아. 애가 생기면 채널 선택권조차 없다니깐. 보고 싶은 방송은 녹화하지 않으면 볼 수도 없어."

30대 후반의 독신 여성이 세간에서 어떤 대우를 받는지 생각하면서 말했으면 좋겠군. 에이코는 혼자 생각했다. 이른 나이에

결혼한 다마코에게는 초등학교 6학년짜리 딸이 있다.

다마코가 비꼬듯 이야기하는 게 아니라는 건 안다. 일하면서 아이를 키우는 일은 너무나 힘겹다. 에이코처럼 여유롭고 자유로울 수가 없다.

오늘은 다마코의 딸 나호가 수학여행을 갔다. 드물게 토·일요일 시간이 생겼다며 만나지 않겠냐고 연락이 온 것이다.

함께 외출해도 좋겠지만, 에이코의 집에 틀어박혀 수다를 떨거나 DVD 영화 감상을 하기로 했다. 나호가 돌아오는 것은 일요일 저녁이라고 하니, 이야기가 길어지면 자고 가도 좋을 듯했다.

딱 2년 만에 만나는 거였다. 이전까지는 반년에 한 번꼴로 만나왔지만, 다마코의 남편인 게이스케가 직장 사정으로 인해 홀로 교토로 전근한 이후 나호를 휴일에 혼자 둘 수가 없게 되었다. 나호가 아기였을 때는 함께 만나기도 했다. 하지만 초등학교 고학년이 되니, 엄마의 친구들과 만나는 것이 즐겁지 않은 듯했다. 그런저런 사정으로 한동안 두 사람은 만나기가 어려웠다.

현실이 이렇다 보니 귀중한 자유의 날에 에이코에게 만나고 싶다고 말해준 것만으로도 기뻤다. 손수 요리를 해서 대접하고 싶었지만, 다마코가 말했다.

"식사 같은 건 배달시켜 먹자. 밖에 먹으러 나가도 좋고. 무엇보다 수다 떨고 싶어."

이해한다. 지금 그녀에게 가장 필요한 것은 신경 쓰지 않고 늘어지게 쉬거나 수다를 떠는 시간일지 모른다.

"게이스케는 도쿄로 안 돌아오는 거야?"

"응 아직. 근데 지금은 교토에서 잘되는 것 같고, 독립해서 자기 가게를 갖는 것도 리스크가 크니까."

게이스케는 파티시에이다. 고급 호텔에서 일하고 있으니, 실력은 좋은 것 같다. 2년 전부터는 교토에 있는 호텔에서 파티스리(제과) 부문을 담당하고 있다. 그런데 나호는 대학까지 에스컬레이터 식으로 올라가는 사립학교에 다니고 있다. 함께 교토로 이사하는 것도 고려했지만, 게이스케가 언젠가는 도쿄에 자신의 가게를 내는 게 꿈이라 단신 부임을 결정했다.

다마코는 병원에서 방사선 기사로 일하고 있다. 게다가 게이스케가 교토로 발령 나던 무렵에는 나호가 초등학교 4학년이었기 때문에 혼자 집에 머물게 할 수도 없었다.

"종종 게이스케한테는 간사이 쪽이 맞는 건 아닐까 싶을 때가 있어. 원래 그 지역 출신이기도 하고."

"정말? 교토 출신이야?"

"중학교까지 나고야에 살았대. 고등학교부터 도쿄."

"나고야는 간사이라기보다 도카이잖아."

게다가 나고야와 교토는 꽤나 분위기가 다른데.

"그래도 도쿄보다는 나고야 쪽이 훨씬 가까워."

단순히 거리로만 보면 그럴지 모르지만, 문화권으로 보자면 거리 문제가 아니라는 생각이 든다. 다마코는 친척들이 모두 도쿄에 살고, 지방 생활 자체가 자기와 괴리가 있다고 말했었다.

에이코의 친척들은 아직도 오사카나 규슈에 살고 있다. 여름 휴가 기간이 되면 가끔 놀러 가기도 한다.

"계속 그쪽에서 일할지도 모른다는 뜻이야?"

"아니."

다마코는 무릎에 턱을 받치며 계속했다.

"만약 그렇게 되면 어떻게 할까 생각만 하는 중이야. 나호가 고등학교를 졸업할 때까지는 확실히 도쿄에 있어야 하지만, 대학생이 되면 아이도 독립하고 내가 교토로 가는 것도 고려할 만하다고 생각하고 있는데…"

"괜찮은 거 아냐? 교토, 나도 조금은 살아 보고 싶은데."

속 편한 소리라고 할지 모르지만, 그 정도 속 편함은 용인되지 않을까. 싫은데 당장 교토로 이사 가야 하는 건 아니니까.

"교토에 살게 되면 놀러 와야 해."

"물론이지."

교토는 중학교 시절 수학여행 이후 가본 적이 없다. 역사가 깃든 료칸에 머물면서 여유롭게 강가를 걸어보고 싶지만, 매일 분주함에 끌려다니다 끝나는 일상이다.

다마코는 여름방학과 연말연시는 교토에서 보낸다고 했다. 그녀가 하는 일은 여름과 겨울 휴가철이 한가해서 장기 휴가를 쓸 수 있는데, 게이스케의 일은 그 시기가 가장 바쁘다고도 했다.

갑자기 생각이 나서 물었다.

"게이스케 씨는 뭐라고 해?"

"뭔가 뜨뜻미지근해. 가기 전에는 2~3년만 근무하고 돌아와서 자기 가게를 열겠다고 말했는데, 아무래도 교토의 일이 즐거운 모양이야."

"그렇구나…."

"하기야 남편이 자기 가게를 경영하겠다고 나설까 봐 좀 두렵기도 해. 알잖아. 떨어져 지내더라도 큰 호텔에서 일하고 있으면 안심이 되니까."

오너가 되면 경영에 실패해서 자금을 빌려야 할 수도 있다. 그가 일하는 곳은 거대한 호텔 체인이어서 실적도 안정적이다.

"그러니까, 얼른 도쿄로 돌아왔으면 좋겠다고 생각하는 건 아닌데…."

아무래도 부부가 떨어져 지내는 게 허전하고 불안하겠지.

"뭐, 될 대로 되겠지만 말이야."

다마코는 자신에게 다짐하듯 그렇게 말했다.

저녁은 피자나 스시를 시켜먹을까 했지만 갑자기 마음을 바꿔서 제안했다.

"근처에 자주 가는 분위기 괜찮은 카페가 있는데, 함께 가보지 않을래? 요리 메뉴는 많지 않지만, 커리가 매월 바뀌거든."

지금은 방글라데시 커리라는 것이 꽤 맛있다. 전에도 태국 커리, 병아리콩 커리 등 여러 종류를 먹었지만, 지금까지 먹은 것 중 방글라데시 커리가 가장 마음에 들었다.

다마코도 커리를 좋아하니까 꼭 먹여보고 싶었다.

"가고 싶어! 그나저나 드문 일 아니야? 에이코가 자주 가는 카페라니."

"집 근처니까."

그렇게 말했지만, 이 집에서 3년이나 사는 동안 단골 가게는 카페 루즈가 처음이다.

"너 전에는 가게에서 '언제나 감사합니다'라는 말을 들으면, 다시는 가고 싶지 않아진다고 말하지 않았어?"

"그랬었나?"

대충 얼버무렸지만 오래전 맘에 들었던 한국 요릿집에서 점원이 "자주 오시네요."라고 말하는 순간, 발길이 멈추어 버린 적이 있다. 아마도 인식되고 익명으로 머물 수 없어지는 순간, 당당하지 못하고 불편해지는 감정을 느낀 것 같다.

카페 루즈는 그런 게 신경이 쓰이지 않는다. 오래전부터 알고 있던 사람이기 때문일까.

"주인이 우리 회사에 다니던 사람이야. 이 근처에 카페를 낸 것은 우연이었지만."

그렇다고 연락을 주고받을 만큼 사이가 좋았던 것도 아니고, 그녀가 운영하고 있어서 가는 것도 아니다. 그 가게는 느낌이 좋다. 그뿐이다.

"나이를 먹어서 외로움을 타게 됐나?"

최근에는 매주 1~2회는 반드시 가는 것 같다. 다른 가게가 없는 것도 아닌데 말이다.

"어이어이, 같은 나이인데 나이 탓하지 마라."

다마코에게 한소리 들었다.

DVD를 끄고, 웃옷을 걸친 후 집을 나섰다. 밖은 이미 어두워져 있었다. 낮 1시부터 함께 있었으니까 벌써 여섯 시간이 지난 것이다.

마음이 맞는 친구와는 몇 시간을 함께해도 힘들지 않다. 중학생 때로 돌아간 듯한 기분이 들기도 한다. 현실로 돌아오면, 둘다 30대 후반에다 이미 서로 다른 길을 가고 있는데도 말이다.

자기도 모르는 사이, 생각이 말이 되어 나왔다.

"있잖아. 중학교 다닐 때, 아줌마가 되면 지금과는 완전히 다를 것 같지 않았어?"

말하자마자 아차, 싶었다. 아무것도 바뀌지 않았다고 생각하는 것은 에이코뿐이고, 아이가 있는 다마코에게는 모든 것이 어릴 적과 다를 수 있잖은가.

"그러네. 아줌마가 되면 뭔가 좋아하거나 슬퍼하는 마음도 없고, 우울해하거나 걱정하지도 않을 줄 알았어."

돌아온 말에 에이코는 당황했다. 다마코에게 뭔가 슬픈 일이라도 있는 것일까.

토요일이어서인지 카페 루즈는 붐볐다. 키친에서 마도카가 고개를 들어 인사했다.

"아, 나라 씨. 어서 오세요. 카운터밖에 자리가 없네요."

다마코에게 눈으로 사인을 보내니, 고개를 끄덕했다. 카운터여도 좋다는 사인이다. 카운터 의자에 둘이 나란히 앉았다.

마도카의 눈동자는 붉게 변하고, 눈은 반짝반짝 빛이 났다. 바쁜 날은 언제나 이런 느낌이다. 반대로 손님이 적은 날은 몽롱한 듯, 조금은 졸린 듯한 얼굴이 된다는 걸 알고 있다.

마도카는 종종걸음 치며 분주하게 음료를 테이블에 서빙했다. 다시 돌아온 그녀가 라임이 들어간 물컵과 물수건을 주었다.

둘은 이달의 커리를 주문했다.

"음료는 어떻게 하시겠어요?"

에이코는 항상 마시는 화이트와인 알름두들러 희석주, 다마코는 라즈베리 라씨를 시켰다.

방글라데시의 무 커리가 눈앞에 놓였다.

"무가 들어있는 커리는 처음 먹어봐."

다마코는 조심조심 살펴보다가 스푼을 손으로 잡았다.

무와 닭고기 외에 믹서로 잘게 다진 양파와 당근, 토마토 등이 들어있는 듯했다. 스파이시하지만, 유제품도 코코넛밀크 등도 첨가하지 않았다. 묽은 수프 같은 커리….

그래서 더욱 무와 잘 어울렸다. 개운하면서 일본의 조림 요리들과 통하는 익숙함이 있다. 채소가 많이 들어간 것도 외식이 잦은 에이코에게는 축복이었다.

"맛있어. 꽤 스파이시하네."

다마코는 만족한 듯 고개를 끄덕거렸다. 유제품이나 코코넛밀크 같은 지방분이 들어있지 않으니까, 스파이스 향이 그대로 전달되는 느낌이다. 에이코도 정말 맘에 들어서, 이번 달은 이것만 먹고 있었다.

함께 나오는 피클을 먹고 있는데 다마코가 중얼거렸다.

"좋은 카페네."

큰 창과 창밖으로 넓게 펼쳐지는 녹색 풍경. 주택가임에도 주변에 공원이 있는 덕인지 창밖은 풍성한 녹색이다. 지대 자체가 높은 데다 1.5층이라 밤이 되면 야경도 볼 만하다.

마도카가 돌아와 다마코에게 물었다.

"입에 맞으세요?"

"맛있어요. 스파이시한 게 특별하고. 나, 이런 커리 너무 좋아."

"다행이에요."

마도카의 얼굴이 환해졌다. 전에 들은 적이 있다. 손님 중에는 유럽풍 커리처럼 걸쭉한 루 이외에는 좋아하지 않는 쪽도 있는 것 같다.

먹는 것에 보수적인 사람들에게는, 희귀한 메뉴만 있는 카페 루즈가 편하지 않을지도 모른다. 파니니나 토마토소스 스파게티 같은 보통의 메뉴도 있기는 하지만.

그래도 처음 보는 요리나 디저트를 에이코가 먹을 때, 마도카가 조금 긴장하는 것을 안다. 맛있는 것들로만, 그녀가 시험을 거듭해서 내는 것은 알고 있지만 그래도 불안함은 있겠지.

다마코도 매우 만족스러운 듯했다. 맛이 없는데 맛있다고 말할 사람은 아니다. 커리를 다 먹은 다마코는 케이크가 진열된 유리케이스를 들여다보며 말했다.

"우와! 신기한 케이크가 많구나. 러시아풍 추프쿠헨이라니, 처음 보는 케이크야."

카페 루즈의 인기상품이며, 에이코도 매우 좋아하는 것이다.

"아, 도보스 토르타가 있네. 신기하다."

"도보스 토르타?"

에이코는 처음 듣는 이름이었다. 유리케이스를 들여다보니 아름다운 케이크가 눈에 들어왔다. 층층이 여러 겹으로 만들어진 케이크의 표면이 얇은 캐러멜 같은 것으로 씌워져 있었다.

"많이 아네? 여기 디저트들은 아무 데서나 파는 케이크가 아닌데."

에이코도 어떤 케이크인지 잘 모른다. 다만 카페 루즈의 케이크는 대체로 소박한데, 이것은 손이 많이 간 느낌이었다.

"남편이 파티시에잖아. 도보스 토르타도 자주 만들었거든."

"그럼, 오스트리아 디저트 전문인가요?"

마도카가 다마코에게 물었다.

"남편이 그쪽에서 유학한 건 아니지만, 스승이 빈의 노포에서 수행했던 사람이에요. 그분의 제자였으니까…"

"그럼, 제가 만든 도보스 토르타는 드리면 안 될 것 같아요. 저는 레시피를 찾아서 눈대중과 짐작만으로 만들었거든요."

"그렇지 않아요. 너무 맛있어 보이는데요. 그래도 맛본 적 없는 추프쿠헨을 먹어볼게요. 도보스 토르타는 남편이 선물로 들고 와서 자주 먹을 수 있으니까."

"그럼, 나는 도보스 토르타 먹어야겠다."

신기한 울림의 이름이다. 오스트리아 케이크인가.

물론 에이코는 가본 적이 없지만, 빈의 케이크라고 하면 자허 토르테가 유명하다. 그걸 생각하면서 고개를 갸우뚱했다. 뭔가 이상하다. 도보스 토르타와 자허 토르테. 짐작건대 '토르타'와 '토르테'가 케이크라는 의미인 듯한데, 왜 다른 끝맺음일까.

"드세요."

하얀 유리 접시가 카운터에 놓였다. 초콜릿 크림과 모카 크림 같은 것이 얇은 생지 사이사이에 뿌려져 있었다. 아름다운 케이크였다. 부드러워 보였지만, 포크로 눌러보니 의외로 딱딱했다. 역시 상부는 캐러멜이고 바삭바삭했다.

커피가 나오기를 기다리지 못하고 케이크를 먼저 먹기 시작했다. 입에 넣고서야 알았다. 이것은 생크림이 아니라 버터크림이었다. 농후하고 좋은 버터를 사용했다는 걸 곧 알 수 있었다. 품위 있고, 어쩐지 클래식한 맛이었다.

커피가 나왔다.

"많이 기다리셨죠. 커피와 잘 어울릴 거예요."

홍차도 아니고 허브 티도 아니다. 이 케이크는 분명 커피와 환상 궁합이었다. 그것도 농후한 커피.

"우와! 이 추프쿠헨도 너무 맛있어! 코코아 풍미의 치즈케이크라니!"

다마코가 눈을 동그랗게 떴다.

"맞아요. 베를린 근방에서 먹는 케이크랍니다."

"다음에 남편한테도 먹여줘야겠어요. 아마도 모를 것 같아."

에이코기 마도카에게 물었다.

"있잖아. 자허 토르테는 빈의 디저트지?"

"네, 맞아요."

"그런데 도보스 토르타는 왜 토르타라고 하는 거야? 토르타와 토르테는 어떻게 다른 거야?"

마도카는 '아아!' 하는 얼굴이 되었다.

"도보스 토르타는 헝가리 디저트입니다. 그래서 헝가리어로 도보스 토르타. 자허 토르테는 독일어고요."

"헝가리?"

나라 이름은 알고 있다. 동유럽 국가이다. 그러나 친근하다고는 할 수 없다. 헝가리라는 나라 이름을 들으면 무엇이 떠오를까.

"헝가리는 오스트리아의 이웃 나라이고, 역사적으로도 깊은 관계가 있는 곳이기 때문에 빈에서도 도보스 토르타는 잘 알려져 있어요. 엘리자베트 황후의 남편인 프란츠 요제프 1세가 좋아하던 디저트였다고 해요."

"우와! 그럼 역사가 꽤 된 케이크겠네."

아까 클래식한 맛이라고 느낀 게 착각이 아니었다.

"맞아요. 100년 넘는 역사를 지닌 음식이에요."

"어머…"

그렇게 듣고 나니 더 맛있게 느껴졌다. 진하고 달기 때문에 덜 달달한 케이크를 좋아하는 사람들에게는 인기가 없을지 모르겠지만, 에이코는 맘에 들었다.

추프쿠헨을 다 먹은 다마코가 턱을 받치며 말했다.

"헝가리는 어떤 나라일까? 이름은 알지만, 전혀 떠오르는 게 없어."

"나도 그래. 구즈이 씨는 가봤지?"

"네, 가봤어요. 수도 부다페스트는 합스부르크제국 시대의 건물이 남아 있어서 장엄하고 화려해요. 그런데 지방으로 가면 초원이 많아요. 약간 아시아의 공기도 느껴지는 소박한 나라였어요. 아 참, 온천이 있어요."

"온천!"

다마코와 에이코가 합창을 했다. 온천에 마음이 끌리는 것은 일본인의 피가 흘러서인가.

카페 루즈에 오면 가고 싶은 나라가 늘어난다.

"그리고 헝가리인은 일본인처럼 성 다음에 이름이 와요. 유럽인들은 모두 이름이 앞에 오고 성이 뒤에 붙는다고 생각했으니까 처음 그 사실을 알았을 때는 놀랐어요."

모르는 것투성이다.

"맞다, 헤렌드라는 도자기가 헝가리 브랜드였죠?"

다마코의 질문에 마도카가 대답했다.

"맞아요. 헤렌드 외에도 졸나이 같은 멋진 도자기가 있어요."

다마코와 마도카가 즐겁게 이야기를 하니, 에이코도 기분이 좋아졌다. 에이코는 한 조각 남겨 두었던 도보스 토르타를 입으로 가져갔다. 가게 안을 둘러보니 다른 손님은 모두 가고 없었다. 네 시간 가까이 머문 것이다. 다마코는 이미 집으로 돌아가는 것을 포기하고, 에이코 집에서 자고 갈 생각인 것 같았다.

처음에는 술을 주문하지 않았지만, 이야기가 즐거워지면서 모스코뮬 등을 마시고 있었다. 다마코는 술이 약해서 두 잔 밖에 안 마셨는데도 얼굴이 새빨개졌다.

"마도카 짱, 남친이나 남편 있어?"

다마코가 불쑥 물었다. 마도카는 미소를 지으며 즉답했다.

"애인 있어요."

지금까지 마도카와 꽤 많은 이야기를 했지만, 그런 사적인 내용은 묻지도 않았다. 다마코도 그렇게 낯 두꺼운 사람은 아닌데, 이상하다. 술 때문이리라.

"그러면, 어디서부터가 바람이라고 생각해?"

"어디서부터?"

마도카는 눈을 깜빡거렸다.

"예를 들면 말이지, 이성과 함께 술 한잔 하러 가면 바람이라거나, 데이트하면 바람이라거나…."

"데이트는 바람이지요…. 그런데 이성 친구와 영화를 보러 가거나 식사를 하는 건, 데이트하고는 다르지 않을까요. 그런 거 좀 어렵네요."

"문자를 빈번하게 주고받으면?"

"그것만으로는 바람이 아니지요."

"그럼, 어디서부터가 바람이야?"

마도카가 고개를 갸우뚱했다.

"이를테면 서로 연애감정을 가지고 키스하거나 섹스하거나, 그러는 거 아닐까요?"

"하지만 그런 걸 하고 있는지, 아니면 이미 했는지 알 수 없잖아. 둘이 만나는 거니까?"

"그건 아직 바람인지 아닌지 모르는 상태겠죠? 바람피우고 있는지 모르지만, 아닌지도 모르니까."

뭔가 철학적이다. 슈뢰딩거의 고양이가 다녀간 것 같다.

"에이코는? 어떻게 생각해?"

화살 끝이 이쪽으로 향했다.

"난 손을 잡거나 하면, 싫을 것 같아. 너무 빈번하게 둘이서 만나는 것도."

"그렇지?"

다마코는 동의를 얻으려는 듯 몸을 앞으로 기울였다.

에이코가 조심스럽게 물었다.

"게이스케, 바람피우는 거야?"

"… '안 피워,'라고 생각하고 싶어."

즉, 의혹은 있다는 말이었다. 다마코는 한숨을 쉬었다.

"게이스케한테는 말야. 어릴 적부터 사이가 좋은 여자친구가 있어. 나랑 처음 사귈 때도 가장 먼저 소개해 주었고 나도 사이좋게 지냈었고, 결혼식에도 와 주었어. 게이스케가 말하기를 여자이지만 전혀 여자라고 느끼지 않는 친구라고 했어."

다마코는 이야기를 계속했다.

"그런데 말이야, 요전 날 핸드폰을 살짝 봐버렸어. 그 여자한테 문자가 엄청 와 있는 거야. 너무 놀랐어. 나나 나호와 주고받는 양보다도 훨씬 많이…."

"나호 쨩은 딸 이름이야."

마도카는 "그렇구나."라고 작게 중얼거렸다. 그러고는 다마코에게 말했다.

"그렇게 관계가 오래되었으면 이성이라도 특별한 친구라고 볼 수 있는 거 아닌가요? 가족과 친구는 대화의 내용도 전혀 다르니까요."

"그게 그렇기는 하지만…."

"더구나, 그렇게 오래 알고 지낸 사이인데 새삼스럽게 연애감정이 생길까요?"

마도카의 질문에 에이코도 고개를 끄덕였다.

"게이스케 씨는 그 여자친구가 가까이에 있는데도, 다마코와 연애하고 결혼도 한 거잖아. 그런데 갑자기 연애감정이 생겨서 이상한 관계가 된다는 건 생각하기 힘들지."

원래부터 연인이었다가 헤어져서 서로 다른 상대와 사귀었는데, 다시 열정적으로 만난다면 불륜을 의심해 볼 수도 있겠다. 하기야 그런 사이라면 연인에게 소개하거나 결혼식에 부르지도 않았겠지. 남녀 간에 우정은 성립하지 않는다는 논리는 너무도 오래된 생각이지만 말이다.

"그런가…, 그렇겠지?"

다마코는 자신을 이해시키려는 듯 그렇게 중얼거렸다.

바람인지 아닌지는 확실히 말할 수 없지만, 문자만으로 바람이라고 단언할 수도 없다. 갑자기 궁금해져서 물었다.

"그 여자친구, 교토에 있어?"

"만약 그랬다면 더 걱정했을 거야. 그녀는 나고야. 그래도 도쿄와 교토의 거리보다 나고야와 교토의 거리가 더 가까워. 신간센을 타면 한 시간이면 가니까."

아무리 그래도 친구끼리 빈번하게 맘 편히 만날 수 있는 거리는 아니다.

"그런데, 게이스케가 조금 이상하다고 여겨질 때가 있어. 과민하다고 할지 모르지만…."

"이상하다니, 예를 들면?"

"전에는 말이야, 선물을 사 오면 과자 종류도 여러 가지였는데, 최근에는 도보스 토르타뿐이야. 맛이 있으니까 상관없지만, 가끔 다른 것도 사 오면 좋겠다고 말했는데 듣질 않아."

그것은 바람하고는 아무런 관계가 없잖은가. 그 말을 하기도 전에, 다마코는 카운터에 엎드리더니 코를 골기 시작했다.

"여기서 잠들면 안 돼. 가자"

다마코를 흔들어 깨우려고 하니 마도카가 손으로 제지했다.

"괜찮아요. 저 지금부터 가게 정리하고 문 닫을 준비할 테니까, 그동안 자게 두세요. 잠깐 눈붙이고 나면 술이 깨잖아요"

"그래도 너무 미안한데. 민폐를 끼치네, 미안해."

마도카는 고개를 가로저었다.

"전혀 상관없어요. 술을 제공하다 보면 힘든 손님들도 있지만, 다마코 씨는 평범하게 이야기하다가 잠깐 잠든 거잖아요. 전혀 민폐 급도 안 됩니다."

"그래도 개인적인 질문도 막 던지고."

마도카는 어깨를 들었다 내리며 후후, 웃었다.

"그 정도는 뭐, 신경 쓰이지 않아요. 이것저것 꼬치꼬치 캐물으면 싫을 수도 있지만, 다마코 씨는 자신의 이야기를 하기 위해서 던진 질문이잖아요"

그렇긴 하다. 화제의 포문을 열기 위해서였다.

마도카는 유리잔을 닦기 시작했다.

"한 가지 신경 쓰이는 것이 있어요. 다마코 씨의 그…"

무슨 이유에선지 마도카가 머뭇거렸다.

"뭐?"

"어려울 것 같아요. 여자 쪽을 알면서, 그 배우자를 모를 때

어떻게 불러야 가장 어색하지 않은지 항상 고민이에요. 남편? 바깥어른? 함께 사는 분?"

어느 쪽도 다 사용되는 말이지만, 고리타분하다.

"게이스케라고 해."

그렇게 알려주니 마도카가 웃었다.

"그 게이스케 씨는 교토에 자주 가는 거예요?"

놀랐다. 마도카는 게이스케가 교토에 홀로 부임한 사실을 모른다. 보통은 부부가 함께 산다고 전제하기 때문에 교토와 나고야가 가깝다는 대화를 듣더라도 교토에 자주 간다고밖에 생각할 수 없을 것이다.

"음…, 게이스케는 교토에서 혼자 일하고 있어."

마도카가 눈을 휘둥그레 떴다가 한참을 조용히 있었다.

"왜 그래?"

"있잖아요, 나라 씨. 나는 남녀가 자주 만나는 것만으로 바람이라고 생각하지는 않아요.. 그런데 만약 배우자에게 거짓말을 하고 만난다면…"

거짓말을 하면서 만나는 거라면, 그것은 높은 확률로 바람이라고 할 수 있지 않을까.

게이스케가 그 여자친구와 만난다는 증거는 곧 발견되었다.

신간센 티켓이었다. 게이스케는 도쿄로 올 때마다 나고야에서 도중 하차해 하루를 보내고 온 것이다. 그는 나고야 출신이지만, 그곳에는 부모님도 안 계신다. 매우 부자연스럽다.

다마코는 남편을 추궁했다. 게이스케는 그 여자친구와 만나 온 사실을 인정했다. 그러나 바람을 피웠다고는 인정하지 않은 채, 어디까지나 사이가 좋은 친구라고 주장했다.

"함께 호텔까지 가지는 않았다고…. 분명 지금까지 그가 묵은 호텔은 캡슐 호텔이거나 비즈니스호텔 싱글이었어. 호텔 영수증에 남아 있으니까, 틀림없을 거야."

다마코는 한숨을 섞어 그렇게 말했다. 캡슐 호텔에 묵은 것은 그가 아닐 다른 누군가일 가능성도 있지만, 그것까지 지적해서 남편을 궁지에 몰아넣고 싶지는 않은 듯했다.

"일단 더는 만나지 않겠다고 약속했어. 게이스케도 이혼해서 나호와 못 만나는 것은 싫다고 했고, 그건 그쯤에서 마무리됐어."

다마코가 괜찮다면 에이코가 간섭할 일은 아니었다.

마도카가 도보스 토르타에 대해서 설명하던 말이 생각났다.

"도보스 토르타는 130년 전 케이크예요. 알고 계시죠? 당시는 지금처럼 냉장고가 보급되지 않았고, 특히 냉장된 채로 멀리 운반하는 건 어려웠지요. 그래도 도보스 토르타는 멀리까지 보내는 게 가능했답니다."

버터크림으로 단단하게 만든 스펀지 생지, 캐러멜 코팅된 상부. 그 덕에 도보스 토르타는 매우 섬세한 케이크인데도 상온에서 들고 운반할 수가 있었다. 즉, 다른 생크림 케이크들과 달리 교토에서 산 뒤 나고야에서 하룻밤을 묵고도 아무 일 없었다는 듯 다음날 도쿄에 가져올 수 있었다.

이전에는 다른 케이크도 가져왔는데, 언제부턴가 도보스 토르타만 들고 오는 것이 이상하게 여겨진다고 마도카는 말했었다. 빗나갔다면 좋았겠지만, 게이스케가 나고야에서 1박을 한 것은 이미 드러난 사실이었다.

다마코는 금방이라도 울 것 같은 얼굴로 웃었다.

"있잖아, 내가 잘 한 걸까? 아니면 그가 소중한 친구를 잃은 걸까?"

에이코는 대답하기가 어려웠다. 차라리 바람피운 사실을 확실히 알게 되었다면 오히려 나았을까? 그러나 그때 받을 상처나 고통 역시 쉽사리 견딜 수 있는 게 아니다.

바람이 아니었다고 믿을 여지가 있다는 사실만으로 지금이 더 나을까. 당사자가 아닌 에이코에로서는 상상하는 것 외에 달리 도리가 없지만, 다마코 역시 어느 쪽이 나은지 모를 것이다.

다마코는 말했다.

"만약 다음에 또 이런 일이 생기면 용서하지 않을 거야. 증거를 모아서 빠져나가지 못하게 할 거야."

삶이란 결국, 눈앞의 아픔과 계속해서 마주해야만 하는 일인지도 모른다.

고통을 딛고 피어난 꽃처럼

세라두라

카페 루즈는 참으로 편안한 공간이다.

그렇지 않다면 이렇듯 빈번하게 에이코의 발길이 향할 리 없다. 매주 1~2회는 반드시 얼굴을 내밀고 있으며, 손님이 많지 않으면 두세 시간 정도는 스툴에 뿌리를 내린 듯 머물기도 한다.

손님이 많을 때는 눈치껏 자리를 비우지만, 이따금 술이 들어간 후 엉덩이가 붙어 버리기도 한다.

물론 생각했던 것만큼 휴식을 취하지 못한 채 헛헛한 마음으로 자리를 뜰 때도 있다. 식사나 술맛이나 마도카의 서비스 때문이 아니다.

마도카는 말이 많은 편은 아니지만, 언제나 따뜻한 미소로 맞이해준다. 요리나 디저트는 흔하지 않은 것들만 있어서, 여행을 떠난 것 같은 기분이 든다. 전부 다 입에 맞는 건 아니고 다음에는 주문할 것 같지 않은 메뉴도 더러 있지만, 어느 것이든 정성스럽게 만들었다는 사실만은 잘 알 수 있다.

어쩐지 기분이 별론데…, 하고 느껴질 때는 그곳 분위기를 해치는 손님이 있을 때이다. 여럿이 단체로 와서 술을 마시고 크게 떠드는 젊은 사람들이나 혼자 있고 싶은데 쉼 없이 에이코에게 말을 걸어오는 중년 남자, 큰 소리를 내지는 않지만 타인의 흥을 보는 여자들이 있으면, 그냥 자리에서 일어나고 싶다.

단골이라고 해도 여기는 에이코의 개인적인 공간이 아니다. 그런 손님에게 나가라고 할 수도 없고, 자제해 달라고 말할 생각은 더더욱 없다. 오늘은 에이코를 위한 날이 아니라고 생각할 뿐이다. 그러나 마도카는 그런 공기를 민감하게 알아차린다.

에이코가 가려고 하면 문밖까지 배웅하면서 "오늘은 죄송해요."라고 조용히 말한다. 마도카에게는 아무 잘못도 없다. 오너라고 해도 꼬장꼬장한 꼰대가 하는 라멘집도 아니고, 손님을 선택할 수 있는 것도 아니다.

에이코는 언제나 "또 올게." 대답하며 가게 앞 계단을 내려간다. 다음에는 편안하게 여유를 즐길 수 있기를 바라면서.

그러나 그 날의 불편함은 여느 때와 달랐다.

에이코가 오랜만에 카페 루즈를 방문한 것은 토요일 저녁이었다. 아직 6시가 안 된 시간. 차를 마시기에는 늦고, 술을 마시기에는 이른 시간이었다. 먼저 차를 마시다가 손님이 없으면 곧장 술로 이어가도 좋겠고 생각했다.

가게 안을 들여다보니 테이블 자리에 여자 두 명이 앉아 있었다. 오후부터 저녁이 되는 이 시간까지는 휴일이라도 비어 있는 경우가 많다.

아마도 낮에 외출한 사람들과 저녁에 놀러 가는 사람들이 교차하는 시간대인 듯하다. 낮에 놀던 사람들은 대부분 집으로 돌아가서 저녁을 먹고 가족들과 시간을 보낸다. 그리고 밤에 나돌아다니기 좋아하는 사람들이 대신 거리로 나온다.

에이코는 어느 쪽도 아니었다.

혼자 살고 있고 남자친구도 없으니까, 나가고 싶은 시간에 나가고 돌아오고 싶은 시간에 돌아온다. 종종 친구를 만날 때는 상대의 일정에 맞추는데, 그것뿐이다.

처음에는 뭔가 죄책감 같은 게 들던 생활에 이제는 완전히 익숙해졌다. 결혼하고 아이를 키우는 친구들과 만나면 자신의 자유로운 생활이 살짝 미안해지지만, 스스로의 미래는 그들만큼 명확하게 보이지 않는다.

홀가분하고 자유롭게 살다가도 불현듯 불안해지는 순간이 있다. 어쩔 수 없다. 20대에는 어떤 미래가 와도 잘 선택해서 살아갈 수 있을 것 같았다. 상상하던 미래와는 다르지만, 지금의 현실 역시 에이코가 하나씩 하나씩 선택해 온 결과일 것이다. 적어도 그렇게 해서 하나씩 하나씩 선택한 현실은 에이코에게 소중한 것들이다.

일도, 경력도, 자신의 집도.

그리고, 이런 시간에 혼자서 차를 마실 수 있는 홀가분함도.

문을 열자 마도카가 이쪽을 보고 환하게 미소지었다.

"아~, 나라 씨. 어서 오세요."

카페 루즈가 좋은 이유 중 하나는, 언제나 마도카가 미소로 맞이해주기 때문이다. 바쁠 때에도 그 미소는 변함이 없다.

늘 앉는 카운터 자리에 앉았다. 가끔 테이블 자리에서 독서를 할 때도 있지만, 오늘은 토요일이니까 사람들이 많이 들어올지 모른다.

마도카가 레몬 띄운 물잔을 내주었다.

"오늘은 모로코 민트티."

녹차에 생 민트를 듬뿍 띄운 모로코 민트티는, 최근 에이코의 최애템이 되었다. 본고장에서는 듬뿍 설탕을 넣어서 달달하게 마신다지만, 에이코는 달지 않은 것이 좋았다.

창밖 큰 나무도, 조금씩 노랗게 변해가기 시작했다. 10월도 이제 곧 끝나가려고 한다. 단풍놀이 시즌이니까, 교토에라도 가 볼까. 언제나 생각만 할 뿐, 현실은 전혀 그렇지 못하지만. 게다가 남편이 교토에서 일하는 친구 다마코가 말하기를, 가을의 교토는 사람으로 넘쳐난다고 했다.

카운터 안쪽에서 유리잔을 닦는 마도카에게 물었다.

"다음 달에는 어디로 갈 거야?"

카페 루즈는 정해진 요일에 쉬는 대신, 월초에 일주일 정도 문을 닫는다. 마도카는 그 휴일을 이용해 여행을 간다고 했다. 매월 해외로 나가는 것은 아니지만, 국내도 많이 다니는 마도카의 실행력이 부럽기만 하다.

문득 어떤 생각이 들었다. 에이코는 늘 누군가를 부러워하기만 한다는 생각. 결혼해서 아이가 있는 친구도, 에이코보다 자유롭지만 불안정한 마도카까지도.

"아직 안 정했어요. 주머니 사정이 별로 좋지 않아서, 이번 달은 가게에서 새로운 메뉴 시제품 만들어보려고 생각하고 있어요. 가더라도 가까운 곳일 거예요."

"그럴 때도 있구나."

"있지요. 반드시 여행을 가겠다고 작정하면 오히려 자유롭지 못하잖아요. 또 이것저것 놓치는 일들도 생기는 것 같아서, 정해진 규칙으로 삼지는 않았어요."

정해버리면, 오히려 자유롭지 못하다는 말의 의미를 잘 알 것 같았다. 보고 싶은 영화를 전부 개봉관에서 봐야 한다고 생각하면, 압박감을 느끼게 되는 것과 비슷하다.

문 열리는 소리가 들렸다. 들어온 것은 키가 큰 여성이었다. 에이코와 비슷한 연배일까.

순간 마도카의 얼굴이 굳어졌다. 에이코가 문을 열고 들어설 때는 언제나 웃는 얼굴로 맞이해주는데.

"어서 오세요. 편한 자리에 앉으세요."

그렇게 말하는 목소리도 어딘가 딱딱했다. 여느 때와 말투가 달랐다. 여성은 비어 있는 테이블에 앉아서 메뉴를 펼쳤다. 마도카는 굳은 얼굴로 물을 가져갔다.

돌아온 마도카에게 작은 소리로 물었다.

"왜 그래, 무슨 일 있어?"

"아니요, 아는 사람과 닮은 것 같아서…"

주문할 메뉴를 결정했는지 고개 들어 이쪽을 바라보던 여성이 눈을 크게 떴다.

"아니, 톱밥 짱 아냐?"

마도카가 입술을 꾹 깨물었다.

"톱밥 짱이지? 같은 스페인어 교실에 다녔던."

마도카가 불안하게 미소를 지어 보였다.

"음…. 쓰시마 씨, 였죠?"

"그래그래, 기억났어? 톱밥 짱, 금방 그만뒀었잖아."

잘 모르지만 안 좋은 느낌이 들었다.

"톱밥", 같은 단어는 어른에게 붙이는 별명으로는 어울리지 않는다. 어감상 결례일 수도 있다는 생각마저 들었다. 마도카의 성이 구즈이라서 톱밥이 된 건가. 하기야, 변태 같은 별명이라도 친한 사이라면 상관없겠지. 쌍방이 웃으며 기분 좋게 부를 수 있는 거라면, 듣는 사람도 신경 쓰이지 않는다.

그런데 마도카의 얼굴은 경직되었고, 그녀와 친해 보이지도 않았다. 학원에서 함께 배웠다고 해도 금방 그만두었고, 별명으로 서로를 부를 만큼 친하지도 않았을 것이다.

"톱밥 짱, 여기서 아르바이트하는 거야?"

쓰시마라는 여자가 마도카에게 물었다.

"여기에서 일하고 있어요."

마도카는 그렇게 대답했다. 놀랐다. "아르바이트하는 거야?"라는 질문에 네 혹은 아뇨, 라고 하지 않고 "일하고 있어요."라고 대답했다. 거짓말은 아니지만, 쓰시마의 말에 부정도 하지 않았다. 쓰시마는 마도카가 아르바이트하고 있다고 생각할 것이다.

마도카에게 그 여자는 오래전에 잠깐 알던 사람, 그 이상도 이하도 아니다. 자신의 가게라는 것을 굳이 알리고 싶지도 않은 것이다.

"아하, 톱밥 짱이 여기서 알바하고 있으니, 종종 들러야지."

"네, 와주시면 감사합니다."

그렇게 말하고 있지만, 마도카의 목소리에는 감정이 섞이지 않았다. 에이코에게 보이는 친근한 태도와는 전혀 달랐다.

"그러고 보니, 톱밥 짱. 아직도 구운과자 같은 거 만들고 있어? 스페인어 교실 크리스마스 파티에 가져왔었잖아. 유리컵에 들어있던 소박한 디저트. 역시, 단 거 좋아하니까 카페에서 일하고 싶어진 거야?"

쓰시마의 목소리는 컸다. 게다가 카운터 안에 있는 마도카에게 말을 걸자니, 더 큰 소리로 말하고 있었다.

"아, 나 커피. 그리고 파니니."

주문까지 큰 소리로 했다. 쓰시마 옆 테이블에 앉아 있던 두 여성이 불쑥 일어났다.

"감사합니다."

마도카가 그렇게 인사했지만 계산하는 두 사람의 얼굴은 험했다. 종종 보는 얼굴들이니 카페 루즈의 단골이다.

에이코도 조금 불편한 기분이었다. 그녀들이 쓰시마의 언행을 불편하게 여긴다고 해도 전혀 이상하지 않았다. 카페에는 편안하게 쉬거나 즐겁게 대화하기 위해 들어오는 것이다. 도를 넘게 큰 소리로 말하는 낯선 이의 목소리를 들으러 오는 게 아니다.

토요일 저녁이라 손님이 조금씩 늘고 있었다. 식사를 마치면 돌아가려니 했는데, 쓰시마는 카운터로 이동해 왔다.

"좋겠다. 카페에서 아르바이트하니 널널하겠어. 나는 매일매일 신경이 갈려 끊어질 것 같은데."

카운터에 턱을 받치며 그렇게 이야기를 했다. 다른 사람 배려조차 않고 자기 멋대로 행동하는 걸 보면, 신경이 갈려 끊기는 것은 당신 주변 사람들일 것 같은데….

"톱밥 짱도 언젠 자기 카페를 갖고 싶다고 생각하겠네?"

마도카는 그 말에 대답하지 않고, 그냥 웃기만 했다. '마도카가 이 카페의 오너라고요.' 하고 말해주고 싶었지만, 마도카는 알리고 싶지 않은지도 모른다.

"그런 느낌이 들어. 어디까지나 여자라는 느낌. 나 같은 건, 속이 남자라서 말이야."

말 자체는 마도카를 띄우며 자신을 비하하는 듯하지만, 분명하게 마도카를 바보 취급하고 있었다. 이런 말을 하는 여자들을 에이코는 지금까지 많이 만났다. 여자답지 못한 스스로를 자책하는 척하면서, 교묘하게 상대의 여성스러움을 비웃는다.

카페를 좋아하지 않든 단 것을 좋아하지 않든, 그녀의 자유다. 그러나 그런 말투로 말하지 않아도 될 텐데.

에이코는 스툴에서 일어섰다.

"아, 가시게요? 항상 감사합니다."

마도카는 온화한 미소로 말했지만, 기분은 이미 무거울 것이다. 계산하고 난 후에야 민트티밖에 마시지 않았다는 것을 알았다. 쓰시마의 독 기운에 체해서 식욕도 없어진 것이다.

아직 시간은 7시밖에 되지 않았으니, 마트에 들러서 반찬이라도 사가야겠다.

그런 생각을 하며 카페 루즈의 계단을 내려왔다. 도로를 끼고 건너편에 있는 주차장이 자연스레 눈에 들어왔다. 월 계약 주차장이지만, 그중 두 칸을 카페 루즈가 계약해서 사용하고 있다.

경차 한 대가 세워져 있고, 그 옆에서 두 여자가 이야기하고 있었다. 내용까지 들리지는 않지만, 말다툼 같은 목소리가 희미하게 들려왔다.

아까 가게에 있던 손님 두 명이었다. 20대 초반. 친구 사이일 수도 있지만, 얼굴이 서로 비슷하니 자매인지도 모르겠다.

그대로 도로를 건너서 마트가 있는 쪽을 향해 걸었다. 주차장이 가까워지면서 두 사람의 대화가 들렸다.

"맞아. 분명히 기억이 나는걸."

"그렇다고 해도, 이제 와서 뭘 할 수 있는 것도 아니잖아. 그냥 툭툭 털고 잊어."

"잊지 못하지…. 절대 잊을 수가 없다고."

자연스레 듣게 된 이야기지만, 왠지 엿듣는 기분이 들었다. 빨리 떠나려고 발걸음을 재촉할 때 우는 목소리가 들렸다.

"죽여버리고 싶은 마음이야."

"관둬. 그런 일로 사오리가 범죄자가 되게 놔두지 않을 거야."

신호가 바뀌었는지, 차들이 도로를 달리기 시작했다. 차 소리에 묻혀 이제 그녀들의 목소리가 들리지는 않았다.

안 좋은 느낌이 들었지만, 돌아가서 물어볼 수도 없었다. 게다가 에이코와는 관계없는 일이잖은가. 지나치는 사람들도 여러 가지 아픔을 안고 살아가는구나, 생각했다.

아무래도 그녀들의 대화가 신경 쓰여서, 에이코는 다음날 다시 카페 루즈에 가고 말았다.

설마하니 이틀 연속 쓰시마와 마주치지는 않겠지. 그녀가 또 온다고 말했기 때문에, 당분간 토요일에는 가지 말아야지 생각했다. 반드시 같은 요일에 나타나리라는 보장은 없지만, 자유로워지는 시간은 사람마다 패턴화되기 쉽다.

어제 그 여자 두 명은 토요일에 종종 나타난다.

직접 이야기한 적은 없지만, 어딘가로 외출을 했다가 카페 루즈에서 차를 마시는 분위기였다. 그리고 너무 오래 머무르지 않고 돌아간다.

짧은 머리의 여자와 머리를 대충 올린 여자. 둘 다 피부가 하얗고 화장은 별로 안 했거나 전혀 하지 않은 듯 보인다.

두 사람의 대화를 우연히 들어버렸지만 '죽여버리고 싶다'고 말한 게 어느 쪽인지는 모른다. 목소리는 닮지 않았으니까 다시 들으면 알 수 있을지도 모르지만, 꼭 알고 싶은 것도 아니었다.

일요일 오후 3시라서 테이블 자리는 꽉 찬 상태였다. 다행히 카운터 자리에는 사람이 없어서 그쪽으로 향했다. 마도카가 에이코를 알아차리고 미소지었다.

"어서 오세요, 나라 씨."

"이틀 연속 와 버렸어."

"너무 기뻐요. 카운터밖에 자리가 없네요."

바쁜 날은 카운터 쪽이 더 편안하니까 상관없다. 자주 앉아서 익숙해진 스툴에 앉으니, 바로 물컵이 놓였다.

뭘 마실까 메뉴를 보고 있으니, 마도카가 작은 소리로 에이코에게 말했다.

"신작을 만들어 봤는데, 괜찮으시다면 한번 드시고 감상을 들려주시겠어요?"

"디저트?"

"네, 포르투갈 디저트예요."

그렇다면 모로코 민트티와 알름두들러보다 커피나 홍차가 좋을지도 모르겠다.

"커피나 홍차, 어느 쪽이 어울릴 것 같아?"

마도카는 망설이지 않고 답했다.

"커피를 추천합니다. 카페라테도 좋고 블랙이어도 좋아요."

"그럼, 카페라테 부탁해."

잠시 후 눈앞에 놓인 것은 내열 유리에 들어있는 카페라테였다. 지금까지는 큼직한 머그잔이었던 것 같은데.

"포르투갈식이에요. 에스프레소에 거품을 낸 우유. 이탈리아식이면 카페라테 같은 것을 잔에 내죠. 포르투갈에서는 갈랑이라고 합니다."

"오우~."

"우유 양이 적고 에스프레소와 1대1이면 메이어 디 라테, 양이 더 적어서 데미타스 잔에 마시면 가로투. 만드는 방법에 따라서 디테일하게 이름을 달리하니, 주문 방법도 달라진답니다."

"커피를 많이 사랑하는 나라인가 봐."

"네. 외울 수 없을 정도로 많은 종류가 있어요."

유리컵으로는 마시기 불편할 것 같은 느낌도 들지만, 커피잔보다 듬뿍 마실 수 있다. 무엇보다 예쁜 커피우유의 색도 즐길 수 있다.

"드세요. 세라두라라고 합니다."

다음에 나온 것은 갈랑보다 작은 유리컵에 든 디저트였다. 생크림 혹은 아이스크림과 베이지색 가루 같은 것들로 층이 만들어져 있었다. 쿠키나 비스킷을 부숴놓은 듯한 느낌이었다.

곁들여진 작은 스푼으로 떠서 먹었다. 아이스크림만큼은 아니지만 차가웠다. 추억 돋는 듯한 맛의 생크림과 부수어 넣은 비스킷. 심플하지만 어른도 아이도 좋아할 만한 맛이었다.

"맛있네. 이거 가게에서 낼 거야?"

마도카는 조금 부끄러운 듯 웃었다.

"너무 간단해서요. 메뉴에 넣는 게 부끄러울 정도."

"그래도 너무 맛있어."

식후 디저트로도 좋을 것 같다.

"얼려서 아이스크림처럼 해도 맛있어요."

"그것도 먹어보고 싶다!"

"생크림을 묽게 거품 내서 연유와 섞은 뒤 부순 비스킷과 번갈아 넣는 것만 하면 돼요. 정말로 너무 간단해서 부끄러워요."

추억 돋는 느낌을 주는 맛은 아마도 연유 때문인 것 같다.

분명 이 소박한 디저트에는 커피가 어울린다.

"그래도 말야, 아무리 간단하다고 해도 존재를 모르면 만들려고도 하지 않을 거잖아."

그렇게 말하니 마도카는 놀란 듯한 얼굴이 되었다.

"세라두라라는 건, 대다수 일본인이 모를 테니까 메뉴에 올릴 만한 가치가 있다고 생각해."

게다가 집에서 만들 수 있는 사람은 집에서 만들면 된다. 에이코는 혼자 살고 있고, 생크림을 거품 내는 것도 불편하다. 아무리 간단해도 집에서는 만들지 못한다.

"이자카야 메뉴에도 간단한 것은 얼마든지 있잖아. 히야야꼬(연두부)나 가지콩 같은 거."

아이스크림 역시 편의점에서 맛있는 걸 사 먹을 수 있지만, 카페에서 먹고 싶을 때가 있다.

마도카는 한동안 입을 다물고 생각에 빠졌다. 불필요한 말을 한 건 아닌가 싶었을 때, 그녀가 입을 열었다.

"그렇네요…. 메뉴에 넣어 볼게요."

그녀는 그대로 이야기를 이어갔다.

"저, 쓰시마 씨를 생각하고 나서 세라두라를 만들어보고 싶어졌는지도 몰라요."

"응?"

"스페인어 학원에서 크리스마스 파티를 열었을 때, 세라두라를 만들어 가져갔어요. 거기서 쓰시마 씨가 '이렇게 간단한 걸 가져왔어? 애들 장난도 아니고'라고 말해서 많이 우울했었거든요. 실제로 간단하긴 하지만."

"맛있는데 간단하면 더할 나위 없잖아!"

에이코는 이 디저트가 맘에 들었다. 자신뿐 아니라 다른 사람들에게도 사랑받을 만한 맛이었다. 게다가 비싼 값을 요구한 것도 아니고, 크리스마스 파티에 가져간 것을 두고 그렇게 말하다니 너무 무례하다.

"세라두라라는 이름이 '톱밥'이라는 의미예요. 그때 제가 '여기 보세요, 부수어진 비스킷이 톱밥처럼 보이죠?'라고 설명했더니 쓰시마 씨가 제게 그런 별명을 붙여버린 거예요. 어제도 나를 톱밥이라고 불렀잖아요."

그 말을 들으며 에이코는 생각했다. 마도카가 싫은 표정을 했던 건, 자기에게 톱밥이라는 별명을 붙인 것보다 세라두라에 대해 막말한 게 불쾌해서였는지도 모른다고.

"그 파티에 쓰시마 씨와 구즈이 씨만 참석하진 않았을 거 아냐. 다른 사람들은 뭐라고 했어?"

"모두 맛있다고 했어요. 빈말인지 모르지만요."

"빈말이 아니었을 거야. 실제로 맛있으니까."

혹여 여러 사람의 칭찬을 받았다고 해도, 한 사람이 신랄한 말로 폄훼했다면 그 말이 더 마음에 남는 법이다. 그 기분은 에이코도 잘 안다. 그러나 그러다가는 중요한 것을 잃어버리고 만다.

"그럼 쓰시마는 파티시에나 뭐 그런 직업을 갖고 있어?"

"아니에요. 회사원이었어요. 다네자키 하우징 인사부에서 일한다고 했어요. 그 사이 직장이 바뀌었을지 모르지만요."

마도카가 말한 곳은 꽤 유명한 건축회사였다. 연 매출 1조 엔이 넘는.

"그러면 음식 전문가도 아니잖아. 그런 사람이 말한 건 신경 쓰지 않아도 될 듯한데."

마도카는 작게 고개를 끄덕였다.

"그럴지도요."

손님 한 명이 자리에서 일어서자 마도카는 계산을 하러 갔다. 그녀가 테이블을 치우고 돌아올 때까지, 에이코는 세라두라와 갈랑을 음미했다.

마도카가 세라두라를 메뉴에 넣기로 해서 기쁘다. 시제품으로 만들었다는 건 이미 메뉴에 넣을 마음이 있어서겠지.

돌아온 마도카가 말했다.

"실은 조금 신경 쓰이는 게 있어요."

"뭐?"

"쓰시마 씨, 그 크리스마스 파티가 열리기 전까지는 제게 아주 친절했어요. 그런데 파티 날부터 갑자기 저를 괴롭히기 시작했던 것 같아요. 내가 뭔가 잘못을 했는지 생각해 봤는데, 특별히 떠오르는 것도 없고. 아무튼 이래저래 신경이 쓰이더라고요."

"아무리 기분 상했다고 해도 그렇지, 다 큰 어른이 상대에게 대놓고 험담을 하면 되겠어? 계속 어제 같은 분위기였던 거야?"

"네."

어떤 모임에서든 그런 식으로 말하는 사람이 있으면, 너무 불편할 것 같다. 그것이 자신을 향하지 않는다고 해도 말이다.

게다가 마도카는 다른 사람에게 해를 끼치거나 할 사람도 아니다. 지금은 카페 오너와 손님의 관계이지만 전에 같은 직장에서 일해 봤기 때문에 알 수 있다.

어젯밤 주차장에서 주고받던 두 여성의 대화가 생각났다.

우연히 듣게 된 상황인 데다 무슨 내용인지도 모른다. 다만 쓰시마의 말에서 그녀들이 어떤 과거를 떠올렸던 건 아닐까 하는 생각이 들었다.

에이코는 조심스레 말을 꺼냈다.

"엊저녁에 쓰시마가 여기 왔을 때, 먼저 돌아간 두 여자 손님 있었잖아."

"네. 미야모토 씨와 야마하라 씨 말씀하시는군요."

"어제 주차장에서 둘이 대화를 하고 있었는데…"

작은 목소리로 말하니, 마도카의 표정이 점점 굳어갔다.

카페라는 곳은 신기한 장소이다.

거기에서 사람들은 비밀을 나누기도 하고 상담을 받기도 한다. 옆자리에 앉은 손님이나 점원들이 듣는 것을 염두에 두지 않는다. 주변 사람들 이야기는 흐르는 음악처럼 취급한다.

그러나 흘려들을지언정 사라져 버리는 것은 아니다.

역시나, 토요일 저녁에 쓰시마는 다시 왔다.

테이블이 전부 비어 있는데도 오늘은 그대로 카운터에 앉았다. 그녀는 에이코와 사이에 스툴 하나를 비우더니 그곳에 짐을 두었다.

"톱밥 짱, 커피하고 파피니."

메뉴도 보지 않고 주문을 던졌다. 마도카가 살짝 숨을 들이마시는 게 느껴졌다.

"주문은 커피와 파니니 맞나요? 그리고, '톱밥 짱'이라고 부르지 말아 주시겠습니까?"

쓰시마는 하하하, 소리 내어 웃었다.

"신경질적이네? 단순한 별명인데. 구즈…, 뭐라는 성이었지?"

"구즈이입니다. 이름을 부르시면 되는데… 싫으시면 이름을 부르지 않으셔도 됩니다."

"왜 저래, 바보같이 빡빡하게. 나에게 당신은 톱밥 짱."

쓰시마는 얼굴을 돌리고 그렇게 말했다.

"아십니까? 상대가 싫어하는 행위를 계속하는 것을 희롱이라고 합니다. 모를 리 없으시죠? 인사부에 계셨으니까."

"딱히 당신이 내 부하직원도 아니고, 단순히 옛날 친구니까 별명으로 부르는 것뿐인데, 왜 그렇게 화가 나 있는 거야?"

그러나, 그렇게 말하면서 그녀는 동요하고 있었다. 마도카의 얼굴을 보려고 하지 않는 게 그 증거였다.

"계속 그렇게 부르실 거면, 당신에게 주문을 받지 않겠습니다. 돌아가 주세요."

문이 열렸다. 들어 온 것은, 지난주 왔던 두 여자 손님들이었다. 미야모토와 야마하라. 마도카가 그렇게 불렀다. 자매는 아니지만, 친한 언니 동생 사이라고 했다.

"어서 오세요."

마도카는 두 사람에게 미소를 지었다. 그러고는 레몬 띄운 물잔을 가지고 두 사람이 앉은 테이블로 향했다.

쓰시마 앞에는 아직 아무것도 놓이지 않았다.

쓰시마는 입술을 꾹 깨물더니 키친을 향해 큰 소리를 냈다.

"여기, 사장 어디 있어?"

아무래도 그녀는 키친 안에서 누군가가 일하고 있다고 생각한 모양이다. 이 카페는 마도카가 혼자서 운영한다.

마도카가 카운터로 돌아오면서 대답했다.

"제가 사장입니다."

쓰시마의 눈이 휘둥그레졌다.

"그럼, 오너가 따로 있는 거겠지?"

"없습니다. 제가 오너입니다."

쓰시마는 마른 목소리로 웃었다.

"그럼, 자유롭게 맘대로 하겠네. 한 나라의 주인이라는 거네. 손님도 선택할 수 있다는 거고?"

"네, 그래요. 그리고 나에게는 나만의 어려움이 있어요. 물론 쓰시마 씨에게도 쓰시마 씨만의 어려움이 있겠죠. 그렇다고 해도 다른 사람 기분 상하게 하면서까지 이렇게 마구잡이로 스트레스를 푸는 것은 아니지 않나요?"

"뭐가? 무슨 말을 하고 싶은 거야?"

미야모토와 야마하라가 숨죽인 채 마도카와 쓰시마의 언쟁을 지켜보고 있었다.

"자기 양심의 가책을 남들에게 뒤집어씌우지 말았으면 해서

드리는 말이에요."

쓰시마는 스툴에서 벌떡 일어섰다. 그러고는 아무 말도 하지 않은 채 문을 열고 나가버렸다.

떠나가기 직전의 얼굴을 보고 알았다.

마도카의 한 마디가 쓰시마의 급소를 찌른 것이다.

쓰시마가 문 밖으로 나간 후, 미야모토와 야마하라가 카운터로 향했다.

"일년 반 전이에요. 제가 다네자키 하우징에 입사했을 때였어요. 그때 신입사원 교육팀원 중 한 명이 쓰시마 씨였어요."

그렇게 이야기한 것은, 숏커트를 한 미야모토였다.

졸업 후 가혹한 구직 활동을 거쳐 겨우겨우 대기업에 입사했다. 미야모토의 마음은 기대와 의욕으로 넘쳐나고 있었다. 어떤 일이 자신을 기다리고 있을지, 자신이 어디까지 해낼 수 있을지 설레는 마음으로.

"돌이켜 생각해 보면, 뭔가 이상한 방향으로 기대하고 있었는지도 몰라요. 저는 줄곧 사회에 나가서 성실히 일하고 자립하는 것을 동경했으니까요."

이상할 것도 없고, 비난받을 일도 아니다.

그러나 그녀를 기다린 것은 구직 활동의 고통을 훨씬 능가하는 가혹한 신입사원 연수였다.

미야모토는 쉰 목소리로 웃었다.

"'너희들 같은 건, 쓰레기보다 못해.'라고 말했어요."

아무런 가치도 없고, 아무것도 할 수 없는 것들. 싫으면 바로 그만둬도 상관없어. 그게 회사에는 오히려 땡큐야.

그런 말들이 쓰시마의 입에서 쏟아져 나왔다.

"남자든 여자든, 모든 신입들이 울고 있었어요. 매일 막차를 타고 퇴근해야만 했고요. 한마디로 모두에게 고행 같은 연수였지요. 처음에 그런 식으로 해서, 자존심이나 자부심 같은 감정을 다 부숴버리는 방식이었던 거겠죠. 한 달 정도 그런 연수를 받고 난 후, 제대로 일을 배우게 하는 거라고 나중에 들었죠."

미야모토는 그 과정을 이겨내지 못했다.

"아침에 일어나면 두통이 시작되고, 눈물이 줄줄 나오면서 몸을 움직일 수가 없었어요. 죽으면 이런 연수를 받지 않아도 되겠지, 하는 생각에 미치고 나서야 저 스스로가 이상해지고 있다는 사실을 깨달았어요."

야마하라가 입을 열었다.

"차라리 잘 그만뒀다고 생각해. 마음이 깨부수어지는 걸 감수할 정도로 가치 있는 일이 아니잖아."

미야모토도 작게 고개를 끄덕였다.

"나도 그렇게 생각해요. 하지만 그 일로 인해 우울증이 생겼고, 한동안 일을 할 수가 없었어요. 이제 겨우 파견근무라도 할 수 있게 되었지만 그때 제대로 된 회사에 입사해서 일했다면 어땠을까, 계속 자문하게 돼요. 그 무렵 다른 회사에서도 합격 통지를 받았었는데…"

비슷한 경험과 비슷한 후회는 에이코도 몇 번 겪었다.

하지만 사회생활 초입에서 커다란 상처를 받아버린 미야모토에게는 그 어떤 말도 위로가 되지 않겠지.

"그래서 지난주 여기에서 저 사람을 봤을 때, 숨이 멎는 줄 알았다니까요. 겨우 맘에 드는 카페를 찾았는데, 이제 이곳에도 못 오게 되나 싶어서."

그 날 주차장에서 들었던 "죽여버리고 싶어."라는 말이 그녀의 입에서 다시 나오지는 않았다. 그 순간에는 정말 그런 감정이었을 것이다.

마도카가 어깨에서 힘을 빼고 숨을 뱉었다.

"그렇다면 오늘 제가 쓰시마에게 말하길 잘한 거네요. 그 일로 인해 미야모토 씨가 오지 않게 되었다면 너무 슬펐을 테니까요."

미야모토는 고개를 끄덕였다.

"사장님이 분명히 말해줘서, 기분이 조금 편해졌어요."

마도카는 미야모토 일행이 이전에 다네자키 하우징 신입사원 교육에 대해 이야기하는 것을 들었다. 그게 곧장 쓰시마와 연결되지는 않았는데, 얼마 전 에이코가 쓰시마에 관해 물었을 때 그들의 대화가 떠올랐다고 한다.

마도카가 시선을 아래로 떨구며 작게 중얼거렸다.

"이런 말이 이상하게 들릴지 모르지만, 쓰시마 씨가 회사에서 하는 일 말이에요. 그녀에게도 전혀 즐겁지 않을 것 같아요.

물론 어떤 일을 하든 마냥 즐겁지만은 않겠지만, 제가 그녀라면 정말 싫을 거 같아요."

에이코도 고개를 끄덕였다. 에이코 역시 그런 일은 하고 싶지 않다. 스스로 원해서 하는 일은 결코 아닐 터이다. 모두에게 미움받는 역할이고, 쓰시마가 혼자서 신입사원 교육방침을 정하는 것도 아닐 테니 말이다.

그녀 역시 매일 마음을 다스리며 맡겨진 일을 할지 모른다. 일하지 않으면 살아갈 수 없으니까, 그렇게 자신을 세뇌하면서.

마도카의 말을 들은 미야모토가 고개를 끄덕이며 동의했다.

"나도 그런 식으로 교육하는 쪽이 되는 거 정말 싫어요. 당하는 쪽보다 더 괴로울 것 같고, 마음이 산산이 부서질 것 같아."

어쩌면 마음이 마구잡이로 부서지는 대신 둔감해지는, 쓰시마는 일부러 노골적으로 행동하는 방법을 익혔는지도 모른다.

크리스마스 파티에 나온 세라두라의, '톱밥'이라는 과자답지 않은 이름의 유래를 듣자마자 쓰시마는 자신이 싫어하는 어떤 일을 떠올렸는지도 모른다. 그리고 그 일을 떠올리게 한 마도카에게 자신의 싫은 감정을 전염시키고 싶었을 수도 있다.

언제나 상냥하게 웃고 있는 마도카를 보며 심사가 뒤틀렸을지도 모를 일이다.

그런 일을 하는 사람이 회사에서 사랑받기는 어렵다. 신입사원은 매년 들어오고, 매년 이런저런 부서로 배속된다. 쓰시마에게 나쁜 감정을 가진 채로. 자신은 아무것도 아닌 존재로 푸대접

받고 있다고 느끼는 건 그녀도 같지 않았을까.

마도카가 무언가 생각났다는 듯 손바닥을 부딪쳤다.

"맞다. 다음 달부터 메뉴에 올릴 포르투갈 디저트, 시식하시지 않겠습니까? 지금은 시제품이니까 서비스입니다."

"우와! 먹고 싶어요."

미야모토는 막 개화하는 꽃처럼 환하게 미소지었다.

그 디저트 이름의 의미, 당분간 그녀들에게는 비밀로 하는 편이 좋겠다.

해보기 전에는 알 수 없는 것들

원앙차

그 날 밤 카페 루즈는 한산했다.

화요일이니까 주말은 아직 멀었다. 다들 목요일이나 금요일 저녁처럼 술을 즐길 기분은 아닌 모양이다. 집이 근처이니 에이코는 평일이든 휴일이든, 마음 내키는 날 카페 루즈에 간다.

역시 사람이 가장 많은 날은 금요일과 토요일 저녁이다. 일요일은 토요일보다는 한가하다.

단골로서 손님이 많은 요일은 피하는 게 좋지 않을까 생각도 하지만, 최근에는 그냥 발길이 향해 버린다. 카페 루즈는 워낙 작은 가게라 평일에도 만석일 때가 많지만, 카운터 끝자리는 대체로 비어 있다.

카운터에는 의자가 다섯 개 있는데, 맨 끝자리 바 위에는 케이크나 구운 과자들이 놓여 있곤 한다. 자연히 다른 곳보다 공간이 협소한 탓에 마도카는 마음 편한 단골이 아니면 그 자리로 안내하지 않는다.

오늘은 손님이 커플 한 팀밖에 없어서 에이코는 구석진 테이블 자리에 앉아 책을 읽고 있었다. 사람이 들어오기 시작하면 카운터 쪽으로 옮기면 된다.

커다란 창밖으로 밝은 달이 보였다. 보름달처럼 보이지만, 살짝 일그러졌다. 어제인가 그저께가 보름이었던 것 같다.

아침의 만원 지옥철에 시달리면서 회사에 출근해 깜깜한 밤이 되어야 돌아오는 생활을 하다 보면, 달을 올려다보는 것을 잊고 살기 십상이다. 보름달도, 얇은 손톱처럼 예쁜 초승달도 다 놓치고 산다. 주말에는 또 집에 틀어박혀 집안일을 하다 보면 하늘을 올려다볼 시간을 놓치고 만다.

그래서 카페 루즈의 이 창은, 에이코가 느긋하고 여유롭게 하늘과 바깥 풍경을 바라볼 수 있는 몇 안 되는 장소다.

창밖으로 계단을 올라오는 그녀가 보였다.

아니? 하고 잠깐 놀란 건 너무나 어려 보였기 때문이다. 키는 160센티미터 정도이니 어른과 별 차이가 없지만, 신체 라인이 막대기처럼 가늘었다.

그녀는 혼자 계단을 올라와 가게 문을 열었다.

"아, 어서 오세요. 편한 자리에 앉으세요."

마도카에게 꾸벅 인사를 한 아이가 사선으로 에이코 앞자리에 있는 테이블에 등지는 형태로 앉았다.

머리는 포니테일이고, 검은 반팔 상의에 데님 스커트 차림이다. 복장도 심플해서 그것만으로는 나이를 짐작할 수 없었다. 그러나 에이코의 눈에는 중학생으로밖에 보이지 않았다.

에이코와 같은 아파트에 사는 초등생 여자아이도 키는 크지만, 꼭 저 아이와 같은 몸매였다.

시계를 보니 밤 9시 반을 지나고 있었다.

그녀는 무료하다는 듯이 메뉴를 넘기더니, 주문을 받으러 온 마도카에게 "아이스 밀크티."라고 말했다. 역시 목소리도 앳되다.

중학생이 카페에서 차를 마신다고 해서 안 될 것은 없지만, 너무 늦은 시간이었다. 친구와 함께 왔다면 신경이 덜 쓰이겠지만, 그녀는 혼자였다. 아이는 마도카가 갖다 준 아이스 밀크티에 시럽을 넣었다. 그러고는 빨대를 꽂아서 마시기 시작했다.

에이코는 화장실에 가기 위해서 자리에서 일어났다. 다녀오면서 카운터에 있는 마도카에게 물었다.

"저기 앉은 아이, 중학생처럼 보이지 않아?"

마도카도 조용히 고개를 끄덕였다.

"저도 그렇게 생각해요. 언젠가부터 종종 오고 있어요. 저녁이나 밤시간에. 전에도 10시쯤 와서 한참 있었어요."

"그래도, 이 시간에 혼자서…"

"어쩌면 학원 같은 데 다니다 잠깐 들렀을 수도 있고요. 중학생이 밤에 카페에서 혼자 차를 마시는 게 흔치 않은 일이지만, 혼자 시간을 보내지 않으면 안 되는 이유가 있을지도 모르죠."

그럴 수도 있겠다. 밤에 여기저기 돌아다니는 것보다는 조용한 카페에서 차를 마시는 편이 안전하다.

"만약 집에 가고 싶지 않아서 부모에게 비밀로 하고 왔다고 해도, 말 걸고 싶지는 않아요. 어른에게 무슨 소리를 들으면, 이 카페에는 다시 오지 않겠죠. 그렇게 되면 더 위험한 장소로 가버릴지도 모르고…."

마도카가 말한 대로다. 말을 걸어서 겁을 주면 공원에서 시간을 보내거나 밤거리를 헤매다 위험한 일을 당할 수도 있었다.

고작 중학생 정도의 여자아이가 밤늦게 돌아다니다가 인적이 드문 곳에 머물게 되면, 더욱 큰 위험에 처한다.

"알겠어. 나도 신경 쓰지 않도록 할게"

그렇게 말하고 에이코는 자신의 테이블로 돌아갔다.

여자아이의 옆을 지날 때 슬쩍 시선을 보냈지만, 아이는 고개를 숙인 채 유리잔의 얼음을 꾹꾹 찌르고 있었다.

자신의 중고등학생 시절을 생각하니, 집에 들어가기 싫어하는 마음을 알 것도 같다.

에이코의 부모님은 교육에 진심인 사람들이었다. 집에서는 공부와 시험 관련 이야기만 했고, 다른 아이들과 성적을 비교하는 일은 일상이었다.

에이코는 특별히 성적이 좋은 편이 아니었기 때문에 언제나 혼나기만 했다.

그것이 애정이었다는 사실을 이제는 안다.

하지만 그 시절에는 숨이 막혀서 죽을 것 같았다. 자기는 그리 귀엽지도 않고, 운동신경도 좋지 않고, 반에서 인기 있는 아이도 아니라는 걸 알고 있었다. 나중에 나는 무엇이 될까. 시험 점수로 혼날 때마다 절망적인 마음이었다.

학교에서 키우던 수세미오이 중 작게 열매 맺힌 채 자라지 못하고 말라버린 게 있었다.

꼭 자신의 미래를 보는 듯했다. 그래서 잠시만이라도 부모와 학교와 공부로부터 도망가고 싶던 마음, 아플 정도로 또렷하게 기억한다. 지나고 나면 눈물나게 그리운 시절이지만.

대학에 진학하고, 취업하고, 일을 계속하면서 30대가 되었다. 각 단계를 지날 때마다 얇은 껍질을 벗겨내듯 조금씩 편해졌다. 수영을 잘하게 되었다고 할까, 호흡이 편해졌다고나 할까.

부모님이 공부 이야기를 더는 안 하게 된 것은, 취직하고 20대 후반에 접어든 에이코가 독립하면서부터다. 그때부터 부모님은 딸이 혼자 사는 것만 신경 썼다. 에이코가 아파트를 사겠다고 했을 때도 두 분은 극구 반대했다.

결혼 상대는 없냐, 좋은 남자 좀 소개받아라, 결혼상담소에 등록해라, 그게 싫으면 집으로 들어와서 함께 살자….

그 말을 듣는 게 싫어서 부모님 댁에는 잘 가지 않게 되었다. 과거에 공부하라고 그렇게도 다그치던 입으로 결혼해라, 집으로 들어와라, 잔소리하는 것이 신기할 따름이었다.

물론 일과 결혼, 둘 중 하나를 선택해야만 하는 건 아니다. 결혼하고 아이를 키우면서 일하는 여성은 많다.

그러나 부모님은 일을 계속하는 에이코를 칭찬해준 적이 없다. 딸이 하는 일은 대단치 않다고 여기면서, 부족한 것만 끊임없이 지적해댔다.

그런 것들이 에이코를 숨 막히게 만들었다. 열심히 살아온 자신을 부정당하는 마음이 들었다. 어쩌면 부모에게서 자립하지 못한 것은 에이코 쪽인지도 모른다.

에이코가 돌아갈 때까지도 아이는 카페에 있었다. 노트에 뭔가를 적거나 핸드폰 화면을 보다가 닫기도 하고, 창밖을 바라보며 한숨을 쉬기도 했다.

곧 10시 반이 된다. 10시 반에 마지막 주문을 받고 11시에 문을 닫으니 앞으로 30분 남았다. 괜찮을까 하는 걱정이 컸지만, 마도카가 말한 대로 그저 집에 가라고 당부하는 게 어른의 역할은 아닐 터였다.

편의점에서 내일 아침에 먹을 빵과 카페오레용 우유를 사서 아파트로 걸어갔다. 현관에 두 남녀가 있었다.

남자는 아파트 주민으로 여러 번 만난 적이 있지만 여자는 모르는 얼굴이었다. 에이코가 꾸벅 인사하고 지나치려는데 두 사람의 대화가 귀에 들어왔다.

"아직도 연락 없어?"

남자가 여자에게 그렇게 물었다.

"네. 여러 번 핸드폰으로 전화했는데 받지를 않아서…"

"유키 짱 친구에게라도 물어보는 게 좋지 않을까?"

"최근에는 학교에 명부도 없고, 친구들하고도 SNS로 연락을 주고받잖아. 전화번호를 알고 있는 애들도 별로 없을 거예요."

엘레베이터 호출 버튼을 누르려는데 뭔가 떠올랐다.

아까 카페 루즈에 온 소녀의 체형이 같은 아파트 초등학생과 비슷하다고 느꼈다. 혹시 그녀의 이름이 유키는 아니었을까.

얼굴만 슬쩍 본 걸로는 누구인지 알 수가 없고 행동도 초등학생치고는 어른스러웠다. 그래서 그 아이는 아니라고 생각했는데, 어쩌면 카페에 있던 소녀가 유키였을지 모른다.

에이코는 과감하게 말을 걸었다.

"저…"

둘은 놀란 듯 이쪽을 봤다. 기억이 맞는다면 남자는 오오쿠보라고 불렸던 것 같다.

"따님, 혹시 집에 없나요?"

"유키, 보셨어요?"

에이코가 이야기를 끝내기도 전에, 오오쿠보가 뛰어왔다.

"얼굴을 확인한 건 아니지만, 닮은 듯한 여자아이를 봤어요. 포니테일에 검은 티, 그리고 데님 스커트를 입었는데…"

여자가 작게 소리를 냈다.

"유키예요. 자주 그런 옷차림 하고 다니니까."

에이코에게 다가온 오오쿠보가 물었다.

"어디서 보셨어요?"

"근처 카페에서요. 여기서 서쪽으로 조금 걸어가면 카페 루즈라고 하는…."

"카페?"

의외의 대답이었는지 오오쿠보의 목소리가 뒤집혔다.

"왜 그런 곳에…."

남자가 여자를 마주 보며 말을 흐렸다. 에이코도 여자를 바라보았다. 역시 처음 보는 얼굴이었다. 같은 아파트에 살아도 생활 패턴이 다르면 얼굴을 모를 수 있다.

"누군가와 함께 있었나요?"

오오쿠보가 그렇게 묻길래 에이코는 고개를 가로저었다.

"그래도 만약 그 아이가 유키 짱이면, 곧 돌아올 거예요. 그 카페는 11시에 문을 닫으니까요."

설마 카페가 문을 닫을 때, 누군가와 만나서 다른 데로 가거나 하지는 않겠지.

"그래도 여기서 기다리고 있을 수는…, 가봐야겠어."

여자가 남자의 팔을 끌자 오오쿠보가 멈칫하다가 다시 입을 열었다.

"그게 정말이면 카나가 혼자 마중 가는 게 좋을지도 모르겠어. 내가 가면 아무래도 또 큰 소리를 낼 것 같아."

조심스레 에이코는 물었다.

"그, 제가 안내해 드릴까요?"

카나라고 불리는 여자가 작게 고개를 흔들었다.

"몇 번 그 카페 앞을 지나간 적이 있어서 잘 알아요. 친절하게 말씀해 주셔서 감사합니다."

그렇게 말하고는 오오쿠보 쪽을 보며 계속했다.

"나 혼자 아무렇지 않게 마중 갔다 올게. 지나치다가 보게 된 것처럼."

"그래. 나는 집에서 마음을 좀 차분하게 가라앉힐게."

카나가 낮은 목소리로 오오쿠보에게 당부했다.

"릴렉스 해요. 유키 짱이 지금은 복잡한 마음일 거야. 무조건 혼내지 말고 마음을 잘 들어줘."

남녀 사이에 오가는 말을 듣고 있자니, 부부간 대화처럼 느껴지지는 않았다. 약간 거리가 있는 사람들 같기도 했다. 이 여자는 유키의 친모가 아닌 듯했다.

오오쿠보는 에이코 쪽을 보며 머리를 숙였다.

"도움 주셔서 감사합니다. 알려주시지 않았으면 여기저기 돌아다니며 걱정하고 있었을 텐데."

"아니에요, 우연히 봤을 뿐이니까."

카나도 함께 머리를 숙였다.

"그럼, 저는 다녀올게요."

카나가 떠난 후, 오오쿠보는 에이코 쪽으로 몸을 돌렸다.

"저는 현관에서 기다리고 있겠습니다. 너무 늦었으니 걱정 마시고 들어가세요. 덕분에 살았습니다."

그 말 이후 에이코는 계속 1층에 멈춰 있던 엘리베이터에 올라탔다. 문이 닫히고 나서야 생각났다. 유키의 부모가 이혼했다던 이야기. 말하기 좋아하는 동네 사람들에게 들었던 것 같다.

집에 들어가자 피곤이 몰려왔다. 에이코는 가방을 소파에 던지고 욕실로 향했다.

유키가 어떻게 되었는지 에이코는 계속 신경이 쓰였다.

이후 오오쿠보가 아무 말도 하지 않았으므로, 분명 그 날 카나가 유키를 데리고 돌아왔다고 짐작했다. 만약 못 찾았다면 자세한 상황을 들으러 에이코의 집으로 찾아오지 않았을까.

관리인이나 다른 주민에게 물어보면 에이코의 집을 금방 알 수 있을 테니 말이다.

유키가 무사히 돌아왔다고 해도 오오쿠보가 일부러 에이코에게 그 사실을 전할 이유는 없다. 그렇더라도 엘리베이터나 현관에서 만나면 무사히 돌아왔는지 아닌지만 물어보려고 했다.

에이코가 카나와 재회한 것은 그 주 일요일이었다.

근처 마트에서 양배추를 고르는데, 옆에 있던 여성이 에이코의 얼굴을 유심히 바라다보았다.

"아!"

자기도 모르게 목소리가 나왔다. 카나가 양배추를 손에 든 채로 웃었다.

"지난번에는 정말 큰 신세를 졌습니다"

"아니에요. 우연히 본 아이가 유키 짱과 닮았다고 생각했을 뿐이에요. 유키 짱 맞았나요?"

"네, 유키 짱이었어요. 폐점시간까지 건너편 주차장에서 기다리다가, 유키 짱이 카페에서 나올 때 함께 돌아왔어요."

이야기를 나누며 둘이서 야채코너를 함께 걸었다. 카나는 열무잎과 파프리카를 장바구니에 넣었다.

카나의 이야기를 듣고 조금 안심했다. 이 사람은 무턱대고 아이를 혼내거나 하는 사람이 아니었다. 유키의 기분을 존중하면서, 위험한 것은 하지 않으려 배려하고 있었다.

나이는 에이코와 비슷한 또래로 보인다. 유키의 엄마라고 해도 이상한 나이는 아니지만, 엄마는 아닌 듯하고 친척인지 아니면 교육관계자인지도 모른다.

두부 판매대에서 에이코는 찌게용 두부와 낫토를 바구니에 넣었다. 그걸 보더니 카나가 말했다.

"괜찮으시다면 점심이라도 함께 어떠세요? 지난번 일 인사도 하고 싶고요."

"아, 아니에요, 신경 쓰지 마세요. 대단한 것도 아니었는데."

"그 일뿐만 아니라, 유키 짱에 대해서 신경 좀 써 주십사 하는 부탁을…. 같은 아파트니까요."

카나는 어딘가 불안한 표정으로 그렇게 말했다.

사례할 정도의 일을 하지는 않았지만, 에이코도 유키에게 무슨 일이 있었는지 궁금했다. 기왕 이렇게 된 김에 카페 루즈로 가기로 했다. 계산을 마치고, 시장 가방을 든 채 카페 루즈로 가는 언덕길을 걸었다.

"오늘 유키 짱은?"

"친구와 놀러 갔어요."

"유키 짱은 지금…."

몇 살인지 물어보려고 했는데 카나가 대답했다.

"올해 중 1이 되었어요"

아이의 성장은 빠르다. 아직 초등생이라고만 생각했는데, 초등 6학년은 일년 지나면 중학생이 되는 거지. 최근의 아이들은 키도 크고 손발이 길지만, 어른과는 실루엣이 전혀 다르다.

카페 루즈의 문을 열었다. 다행히 창가 테이블 자리가 비어 있었다.

"안녕하세요."

마도카에게 목소리가 들리도록 인사를 했다. 그녀가 카운터에서 미소 지으며 얼굴을 보였다.

"아, 나라 씨. 어서 오세요. 편하신 곳에 앉으세요."

"아시는 분인가요?"

카나가 물어서 에이코는 고개를 끄덕였다.

"네. 전에 같은 직장에 다녔어요."

메뉴를 보던 에이코가 태국의 마사만 커리를 주문했다. 카나는 토마토소스 파스타를 골랐다.

주문을 마친 카나가 꾸벅 머리를 숙였다.

"인사가 늦었습니다. 저는 니시지마 카나라고 합니다. 유키 쨩이 다니는 학원에서 강사로 일하고 있습니다."

"아, 네. 나라 에이코입니다."

이름을 말하고 인사했지만, 학원 강사라는 소개가 좀 애매했다. 오오쿠보와 꽤 가까워 보였는데. 에이코의 당황스러움을 카나가 간파했던 모양이다. 그녀가 말을 이었다.

"다음 달에, 오오쿠보와 결혼할 예정입니다."

"그러시군요. 축하드립니다."

입에서 인사말이 자동으로 흘러나왔다. 동시에 여러 가지 상황이 한꺼번에 이해되었다.

얼마 전 밤, 카나는 유키를 두고 "복잡한 마음일 거야."라고 했다. 부모의 재혼을 앞두고 당황스러울지 모른다.

중학교 1학년이 어려운 시기라는 것은 아이가 없는 에이코로서도 예상이 가능하다. 자신의 중학생 때를 떠올리면, 사고도 감정도 엉망진창인 데다 조금도 정리가 되지 않았던 것 같다. 그럼에도 외부의 일들에는 심각하게 과민해서, 스스로도 그 예민함을 어찌할 도리가 없었다.

"유키 쨩은 종종 밤에 나가나요?"

그 대답이 '아니요'일리는 없었다. 마도카는 유키가 자주 카페에 온다고 했다.

"네, 최근 2개월 정도…. 유키 쨩이 중학생이 될 무렵부터 오오쿠보는 잔업이 많은 부서로 이동하게 되었어요. 첫 부인과 이혼한 후 한동안 회사에 부탁해 잔업이 적은 부서에서 근무했으니, 어쩔 수 없었을 거예요. 그 탓에 매일 밤 9시나 10시가 되어야 퇴근하고, 집에 돌아와 보면 유키 짱이 없을 때가 종종 있었던 모양이에요."

"식사는 어떻게 해결했나요?"

"평일에는 도시락 배달을 시켰나 봐요. 유키 짱과 히토시 두 사람분. 휴일에는 히토시가 만들어 주기도 했지만. 제가 집에 갔을 때는 제가 만들어 먹기도 하고요…."

오오쿠보의 이름이 히토시인가 보다.

"어제도 히토시가 퇴근했는데 유키 짱이 없어서, 게다가 핸드폰으로 전화를 걸어도 받지 않고…. 그래서 저에게도 연락을 했던 거예요."

카나는 이 근처 임대아파트에서 혼자 살고 있다고 했다.

"저도 학원 일 끝나는 시간이 밤 10시이고…, 가능하면 유키 짱과 함께 저녁을 먹고 싶지만…."

학원에 다니는 아이들은 초등학생과 중학생이니까, 당연히 학교가 끝나고부터 학원 일이 시작된다.

"역시 재혼을 결정한 것이 유키 짱에게는 고통스러운 일이었을까, 하는 생각도 들고…."

그렇게 말하던 카나가 고개를 떨궜다.

"그래도 중 2~3이 되면 입시를 생각해야만 하잖아요."

"맞아요. 그 시기만큼은 피하자고 히토시와 논의를 했어요."

그렇다면 지금 결혼을 안 할 경우, 유키가 고등학교에 들어갈 무렵에 그 시기가 온다. 3년이나 기다려야 하는 일이다. 카나는 30대 중반 정도로 보이니, 시간이 아까울 것이다.

게다가 중학생은 어려운 시기이기 때문에, 지켜봐 주는 눈이 많은 쪽이 좋을 것 같기도 하다.

카나가 후유, 한숨을 내뱉고는 라임 띄운 물을 마셨다.

"저, 유키 짱에게 미움받고 있지 않다고 생각했어요. 저한테 붙임성 있게 말하고, 지금도 저에게는 학교에서 일어난 일이나 친구 이야기, 좋아하는 아이돌의 이야기도 많이 하는데. 그게…, 그것도 아이가 애쓰고 있는 건 아닌가 하는 생각이 들어서…"

"그렇지 않을 것 같은데요."

예의상 한 말이 아니었다. 중학생 때의 에이코라면 싫어하는 어른에게 친구나 좋아하는 아이돌 이야기는 하지 않았을 것이다. 그보다는 의미 없는 이야기만 할 뿐….

마도카가 마사만 커리와 토마토소스 파스타를 테이블로 가져왔다.

"드세요. 좋은 시간 되세요."

그렇게 카나에게 말하고 마도카는 바로 돌아갔다. 언제나 보여주는 마도카의 모습과 다른 이유는 카나와 이야기에 빠져 있었기 때문일까.

마사만 커리는 매월 바뀌는 '이달의 커리'로 감자와 닭고기를 코코넛밀크로 끓인 것이다. 타이의 그린 커리보다는 맵지 않고, 스파이시하지만 코코넛밀크의 단맛이 느껴져서 너무나 맛있다.

카나가 먹고 있는 토마토소스 파스타도 에이코가 좋아하는 메뉴 중 하나다. 통조림 토마토와 생토마토를 함께 사용해서인지 깊이가 있다. 에이코가 만드는 토마토소스와는 차원이 다르다.

"오오쿠보 씨와 유키 짱은 사이가 좋은가요?"

무심코 던진 질문이었는데 카나는 놀라는 얼굴이 되었다.

"그게… 그다지 좋다고는 할 수 없어서…. 그래서, 제가 완충재가 되면 좋지 않을까 생각하고 있어요. 그것도 저의 자신감 과잉이었는지 모르겠어요."

중학교 1학년생이면 아빠와는 거리를 두고 싶어할 것이다. 결코 드문 일이 아니다.

"그럼 유키 짱이 슬쩍 집을 나가는 것도 재혼과는 관계가 없고, 아빠와 얼굴을 마주하고 싶지 않아서 아닌가요?"

"그래도 재혼 이야기를 하고 나서부터예요."

카나의 말을 들은 에이코는 생각에 빠졌다.

아무리 좋아하는 선생님이라도, 아빠와 재혼하겠다고 하면 복잡한 마음이 들게 될까? 자신에게는 경험이 없던 일이라 쉽게 상상이 되지 않았다.

"아, 죄송해요. 감사 인사를 드린다는 게…, 제 상담을 하고 있었네요…."

"아니에요, 전혀 상관없어요."

설령 유키가 아빠의 재혼에 복잡한 감정을 느낀다고 해도, 카나를 신뢰하고 있다면 시간이 해결해 주지 않을까.

식사를 마친 카나가 전표를 들고 일어났다.

"시간을 너무 많이 빼앗았습니다. 그런 사정이라서 또 유키 짱을 보면, 살펴주시면 너무 감사하겠습니다."

"네, 그 정도야 뭐."

"다음 달 이사할 때 다시 인사드리러 가겠습니다."

같은 아파트 주민이 되는 거니까, 이렇게 이야기할 수 있어서 다행이라고 생각했다. 아무래도 혼자 사는 사람은 주민들과 알고 지낼 기회가 적다.

카페에서 좀 더 시간을 보내기로 한 에이코가 문으로 나가는 카나를 배웅했다.

일요일이라서 그런지 테이블은 거의 차 있었다. 에이코는 카운터로 이동해서 차를 마시기로 했다. 늘 앉는 카운터 자리로 가니, 마도카가 언제나처럼 밝은 미소를 지었다.

"아까 그분, 친구인가요?"

"아니, 같은 아파트의…. 왜 그 있잖아, 중학생 여자아이. 그 아이의 엄마가 될 사람."

다소 뜬금없는 설명이었는지, 마도카는 아무 말도 하지 않고 고개를 갸우뚱했다.

에이코는 처음부터 차근차근 이야기를 들려주었다. 유키가 같은 아파트에 사는 여자아이였다는 것, 카나가 유키의 학원 선생님인데 얼마 후 유키 아빠와 재혼한다는 것. 유키가 밤에 집을 나와서 늦게 돌아가는 것이 두 사람의 재혼 이야기가 나온 이후부터였다는 것.

"그나저나 좋은 분 같아요. 나라 씨의 이야기를 듣고 생각이 났는데, 얼마 전 문밖에서 유키 짱이 있는 것을 확인하더니 조용히 돌아갔어요. 그래서 유키 짱 엄마인가 생각을 했거든요."

카나도 같은 이야기를 했었다.

"주차장에서 기다리다가 유키가 나올 때 불러서 함께 간 모양이야."

"그랬군요. 한데 유키 짱은 그분과 그다지 사이가 좋지 않은 건가요?"

"그렇지도 않은 모양이야. 카나 씨와는 사이가 좋은데, 오히려 아빠와 거리를 두는 것 같다고 했거든."

마도카가 고개를 갸우뚱했다. 그때 테이블 손님이 부르는 바람에 마도카는 에이코에게 눈인사를 한 후 카운터에서 나갔다.

에이코는 메뉴를 펼쳤다. 마도카는 최근 홍콩에 다녀온 듯하다. 메뉴에 중국차와 안닌두부, 망고푸딩 등이 추가돼 있었다.

얼마 전에 향이 좋은 우롱차를 마셨으니까, 오늘은 다른 것으로 해야지. 그렇게 생각하며 메뉴를 살펴보았다.

돌아온 마도카에게 물었다.

"특별히 추천할 만한 메뉴 있어?"

"홍콩식 밀크티 같은 거 어떨까요? 진한 홍차에 연유를 넣은 건데, 홍콩에서 많이 마셔요."

"연유?"

"네. 영국령이었을 때, 홍콩에는 우유가 귀하니까 영국인들이 고안해 낸 것이라고 해요."

연유라면 우유와 달라서 오래 보관할 수 있다.

"연유니까 달고, 조금 정크푸드 같은 느낌도 있지만 맛있어요. 아, 그리고 홍콩식 아이스 레몬티도 좋을 것 같아요."

"그건 어떻게 달라?"

"일본의 레몬티로는 상상도 할 수 없을 만큼 레몬이 듬뿍 들어가요. 홍콩에서는 똥랭차라고 해요."

"맛있을 거 같은데!"

마도카는 차갑게 만들어 둔 아이스티를 냉장고에서 꺼내 유리컵에 따르고, 거기에 레몬 슬라이스를 넣었다. 한 장이나 두 장을 넣을 줄 알았는데, 레몬 반 개가량이 들어간다. 호박색 홍차에 레몬 옐로가 섞여들었다. 마도카가 민트 잎을 한 장 올린 유리잔을 카운터에 내놓았다. 시럽 용기도 함께.

"레몬을 빨대로 살살 눌러 짜고, 원하는 만큼 시럽을 넣어 주세요. 달게 하는 편이 더 맛있답니다."

마도카가 말한 대로 레몬을 빨대로 으깨자 레몬의 과즙이 홍차 안에 퍼져나갔다. 동시에 상큼한 향이 강하게 느껴졌다. 한 입 마시니 엄청 셔서, 시럽을 더 넣었다. 산미가 부드러워지면서 상큼함으로 남았다.

한 번 간 적 있는 홍콩의 후텁지근한 더위가 생각났다.

"맛있어. 일본의 레몬티와는 전혀 다르네."

일본의 레몬티는 향을 내기 위함이지만, 이 음료에는 레몬주스와 홍차가 충분히 섞여 있다. 그만큼 신맛이 강한데도 예상외로 너무 맛있었다.

카페 루즈에서 제공하는 시럽은 다른 카페에서 주는 시럽보다 단맛이 무겁지 않은 느낌이다. 그 전에 이 말을 하니 마도카는 이렇게 설명했다.

"설탕과 물만 들어가서일지도 몰라요. 시판되는 시럽은 싸구려 감미료가 대부분이라서."

시럽을 만들어 사용할 수 있다는 것도 처음 알았다.

"나라 씨, 그 유키 짱의 부모가 왜 이혼했는지 알고 있어요?"

마도카에게 질문을 받은 에이코는 고개를 가로저었다.

"몰라. 내가 이사 오기 전에 있었던 일인가 봐."

그것을 물어볼 만큼 친한 사이도 아니었다.

"그렇죠?"

뭔가 이상한 점이라도 있는 걸까. 의아해하고 있으니, 마도카가 말했다.

"그 아이가 저한테 물은 적이 있어요. '사장님은 결혼했어요?'라고. '아니 안 했어,' 하고 대답하니, 이번에는 '결혼하고 싶어요?'라고 물어보더라고요. 하고 싶은 마음이 전혀 없다고 대답하니까, 왠지 안심하는 듯한 얼굴이 되더라고요. 그래서 조금 신경이 쓰여서요. 아빠의 재혼을 앞두고 있어서, 결혼에 관해 물어보고 싶었던 걸까요?"

그도 그렇지만, 마도카가 '결혼할 마음이 전혀 없다'고 대답했다는 것이 오히려 에이코는 맘에 걸렸다. 분명히 남자친구가 있다고 말한 것 같은데. 물론 그 점을 추궁할 마음은 없었다.

에이코는 새콤달콤한 레몬티를 다 마셨다. 마음에 들었고, 이거라면 집에서도 만들어 볼 수 있을 것 같았다.

홍차 베리에이션 하나가, '세계는 참 넓구나.' 하는 생각으로 이어지게 하다니. 에이코가 이 카페를 좋아하는 이유 중 하나이기도 하다.

그다음 수요일이었다.

카페 루즈 문을 여니 테이블은 이미 차 있었다. 카운터로 눈을 돌리다가 깜짝 놀랐다.

다섯 개 자리 중 가장 바깥 쪽에 앉은 사람은 바로 유키였다.

포니테일에 검은 티셔츠, 치마가 아니라 스키니진 차림이었다. 어려서겠지. 부러울 정도로 팔다리가 길다.

오늘은 9시 전이니까, 지난번 저녁보다는 이르다.

에이코가 가장 안쪽 자리에 앉자 유키가 슬쩍 에이코 쪽을 보더니 금방 시선을 핸드폰으로 돌렸다.

아이는 에이코가 같은 아파트 주민인 걸 알아차렸을까. 자신이 중학생일 때는 말을 섞지 않은 어른의 얼굴 같은 건 기억하지 않았던 것 같다.

오늘은 식사를 하고 왔으니 음료 메뉴를 펼쳤다.

마도카가 스윽, 손을 뻗어 한 메뉴를 손가락으로 가리켰다.

"이거, 추천해요."

원앙차라는 글자가 적혀 있었다.

"차?"

"원앙차라고 해요. 서비스로 드릴 테니까 한번 드셔 볼래요?"

"아니야, 계산할 거야. 그거 주세용."

마도카는 유키에게도 미소를 보냈다.

"괜찮으시면, 음료 서비스로 드릴 테니 맛보지 않을래요?"

유키는 놀란 표정을 짓다가 꾸벅 고개를 숙였다.

에이코와 유키 앞에 놓인 것은 커피우유 색을 한 차가운 음료였다. 유리잔에 얼음이 떠 있었다. 차라고 해서 녹차나 우롱차 같은 것을 상상했다.

얼굴을 갖다 대니 커피우유에 가까운 냄새가 났다.

"커피우유?"

"절반은 맞았어요."

유키도 조심조심 빨대로 원앙차를 섞었다. 아마도 에이코의 감상을 듣고 나서 마실 생각인 듯했다. 에이코가 빨대로 한 입 마셨다.

"음, 커피 우유 같지만, 뭔가 다르네."

마도카는 재미있다는 듯 웃기만 했다.

"맛있어. 부드럽고 마시기 편해."

신기하게도 익숙하면서 편안한 맛이 났다. 에이코의 감상을 들은 유키가 빨대를 입에 갖다 댔다.

"홍차예요…?"

유키 말을 들은 마도카가 고개를 끄덕였다.

"맞아. 커피와 홍차 블렌드에 에바밀크를 넣은 거예요. 홍콩에서는 많이 마시지요. 다른 중화권에서 마시기도 하고."

"어머?"

커피도 홍차도 친근한 음료인데, 둘을 섞는다는 생각은 못 했다. 그게 맛있을 것 같지도 않았다. 그런데 지금 눈앞에 놓인 음료는 너무 맛있다.

"커피와 홍차…"

유키는 놀란 듯 잔을 뚫어져라 내려다보며 중얼거렸다.

"어때요? 입에 맞으면 좋을 텐데."

마도카가 물으니, 유키는 처음으로 입꼬리를 올리며 미소지었다.

"저, 이거 너무 좋아요. 음…, 집 나가기 전의 엄마 얼굴이 계속 떠올라요."

유키가 그렇게 말을 시작했다.

"피곤하고 다 필요 없다면서, 포기한 듯한 얼굴이었어요. 우울증이었다고 나중에 들었어요."

밝고 항상 건강하고 모두에게 사랑받던, 유키의 자랑이던 엄마였다고 한다. 유키의 엄마는 자신의 친정으로 돌아갔다. 히토시는 싱글 파더가 되어, 일하면서 유키를 키웠다. 4년 전, 유키가 초등학교 3학년 때의 일이었다.

"한 달에 한 번, 엄마를 만나러 가요. 처음 일년은 만나주지도 않았는데, 조금씩 건강해져서 지금은 옛날 엄마 모습과 차이가 없을 만큼 밝아졌어요."

완치됐는지 아니면 여전히 병을 앓고 있는 상태인지 모른다. 어느 쪽이든 유키에게는 상관이 없는 듯했다.

"그래도, 나는 무서워요. 엄마는 아빠와 결혼해서 그렇게 됐고, 집을 나가서 나았어요. 혹시 카나 선생님도 그렇게 되지나 않을까, 선생님도 힘들어지면 어떡해야 하나, 정말 무서워요. 엄마와 헤어진 아빠를 제가 용서할 수 없는 건지도 모르겠고…. 그런 생각을 하다 보니까 아빠 얼굴을 보는 게 무섭고 싫어졌어요."

유키는 그래서 카페 루즈로 도망쳐 온 것이다.

마도카는 드물게 의자를 가져와 유키의 이야기를 듣고 있었다. 그러면서 종종 손님들을 살피며 테이블로 나갔다가 돌아오곤 했다. 그 사이 유키는 에이코에게 이야기를 이어갔다.

"하지만, 그 모든 일을 카나 씨도 알고 있는 거 아니니?"

에이코가 물었다.

"선생님은 두 분이 이혼한 건 아빠가 나빠서도 아니고, 엄마가 나빠서도 아니라고, 어쩔 수 없는 일이었다고 했어요. 그래도 앞으로 어떻게 될지 아무도 모르는 일 아니에요?"

마도카가 돌아와서 다시 의자에 앉았다. 유키는 시선을 아래로 향한 채 다시 한번 말했다.

"카나 선생님은 괜찮다고 하지만, 진짜 괜찮을지 아닐지 아무도 모르는 일이잖아요."

마도카가 유키와 시선을 맞추며 이야기를 시작했다.

"미래는 누구도 알 수 없으니까, 각자가 원하는 대로 할 수밖에 없다고 나는 생각해. 카나 씨는 유키 짱의 아빠를 좋아해서 결혼하려는 거잖아. 그걸 할 수 없다면 카나 씨는 슬프지 않을까."

"알아요. 그래서 방해할 생각은 없어요. 그래도 난, 무서워요."

"유키 짱 아빠와 엄마의 블렌딩은 잘 안 됐어. 그렇다고 아빠와 카나 씨까지 잘 안 될 거라고 단정 지을 수는 없지."

마도카의 말을 들은 유키가 놀란 표정을 지었다.

"커피와 홍차가 어울린다는 사실을 아는 사람이 적은 것과 같아. 도전해 보지 않으면 알 수 없잖아."

유키는 얼굴을 들어 마도카를 마주 보았다.

"그치?" 하고 물으며 마도카는 웃었다.

유키는 한참을 생각하더니 고개를 끄떡였다.

마도카가 유키의 얼굴을 지그시 바라보며 물었다.

"원앙차의 이 원앙이 뭔지 알아?"

"아니요, 몰라요."

"원앙. 항상 함께 붙어 다니는 원앙새 알지? 사이가 좋은 부부를 원앙이라고 하잖아. 그 원앙."

"원앙 부부."

중학생인 유키도 들어본 적 있을 것이다.

커피와 홍차가 원앙 부부라니, 얼핏 어울리지 않을 것 같은 이미지다.

"그러니까 도전해 보지도 않은 채 미리 무서워하지는 않았으면 해. 이 세상에는 해보지 않으면 알 수 없는 것들투성이니까."

유키는 원앙차가 든 잔을 끌어당기며 웃었다.

"맞아요. 이 차가 커피와 홍차 블렌딩이라는 말을 먼저 들었으면 안 마셨을지도 몰라."

그렇다.

해보지 않으면, 정말로 좋아하는 것인지 아닌지 알 수 없는 일들이 세상에는 너무도 많다.

생크림이 전하는 말

자허 토르테

혼자서 카페에 가면 다른 사람의 이야기가 귀에 들어온다.

남의 말을 몰래 듣는 것은 좋지 않다고 여긴다. 친구들과 나의 대화를 다른 손님이 듣고 있다고 생각해도 불쾌할 것 같다.

그러나 책을 읽고 있어도, 핸드폰을 만지작거려도 대화는 귀에 꽂힌다. 귀마개라도 하지 않으면 막을 수가 없다.

카페 루즈에서 편안함을 느끼는 것은, 오너인 마도카와 종종 이야기를 나눌 수 있고 다른 사람의 이야기를 신경 쓸 필요가 없어서인지도 모른다. 언젠가 마도카에게 그렇게 말한 적이 있다. 마도카는 작게 고개를 끄덕였다.

"맞아요. 그래도 카운터에서 나누는 손님들의 이야기는 어쩔 수 없이 들을 수밖에 없어요. 테이블 손님들의 이야기도 가끔 듣게 되지만, 밀실이 아니니까…. 뭐 그러려니 해요."

"그런데 말야, 불편한 대화일수록 더 잘 들리는 것 같아."

즐거운 이야기들은 특별히 흥미를 끄는 소재가 아니라면 귀를 스쳐 지나간다. 반면 다른 사람의 흉이나 뒷담화는 이상하리만치 잘 들린다. 듣기 싫은 이야기일수록, 귀에 꽂히는 것이다.

"아하하, 그런 거 같아요."

마도카가 밝게 웃으며 동의해서 안심했다. 에이코는 스스로 성격이 나쁜 것인지도 모른다고 생각했기 때문이다.

"얼마 전 홍콩에 갔을 때도 그런 일이 있었어요. 현지인들의 광둥어는 전혀 알 수 없으니 신경 쓰이지 않죠. 그런데 우연히 일본인 그룹과 딤섬 테이블에 나란히 앉게 되었는데, 얼마나 피곤하던지."

"일본어라서?"

"아뇨. 그게 아니고, 계속 홍콩에 대해 불만을 늘어놓고 있어서요. 주변에 일본어를 아는 사람이 있을지도 모르는데."

"마도카가 일본인인 거를 몰랐나 봐."

"저 혼자 있었으니까 알아차리지 못한 것 같아요."

외모만으로 일본인인지 현지인인지 판단하는 것은 어려울 수 있다.

"저는 괜찮아요, 여행자니까. 하지만 홍콩 사람 중에 일본어를 아는 사람이 있다면 분명 슬펐을 테고, 일본인을 싫어하게 될 수도 있지 않을까 해서…."

일본이었다면 주변에 들릴 수 있으니 목소리를 낮춰서 이야기하겠지만, 해외이니까 편하게 말했을지도 모른다. 에이코는 한동안 해외여행을 가지 않았지만, 여행지에서 풀어져 버리는 그 마음을 잘 알 것 같았다.

"나라 씨 말씀처럼, 듣기 싫은 이야기일수록 더 잘 들리는 법이잖아요. 감정을 반대로 쓸어 올린다고나 할까."

즐거운 이야기만 듣고 싶은 건 분명 거짓말이 아닌데 불쾌한 이야기, 듣고 싶지 않은 이야기에 마음이 쏠리는 건 또 무슨 심리인지… 인간이란 정말로 모순덩어리다.

그리고, 그 아이들의 대화가 뇌리에 머물게 된 것도 같은 맥락이었는지 모른다.

"있잖아. 이 카페, 브와야지하고 비슷하지 않아?"

결코 큰 소리는 아니었다. 그런데 에이코의 귀를 파고들었다.

"유행하는 카페는 금세 비슷한 게 생기니까."

"그래도 브와야지보다는 작네."

"응. 메뉴도 적고 말야."

잠시 욱했다. 브와야지라는 곳이 어떤 카페인지 모르지만, 에이코에게 카페 루즈는 휴식 그 자체인 공간이다. 무슨 트러블이 생긴 것도 아닌데, 깎아내리는 듯한 느낌이라 기분이 나빴다.

브와야지 voyage. 프랑스어로 여행이라는 의미다.

카페 루즈는 오너인 구즈이 마도카가 여행지에서 만난 디저트나 음료를 메뉴로 하는 카페이다. 브와야지라는 카페도 같은 콘셉트인가. 이럴 때 스마트폰이라는 것은 편리하다. 에이코는 '카페 브와야지'를 검색했다.

표시된 결과를 보고 놀랐다. 주소가 이 근처였다. 같은 역의 반대쪽 출구이고, 걸어서 갈 수 있는 거리였다.

카페 루즈와 비슷한 콘셉트의 카페가 그리 많을 것 같지는 않았다. 커피와 홍차 전문점이 많은 것과는 상황이 다르다.

지도를 보니 잘 아는 곳이었다. 전에 같은 장소에 있던 카페에는 여러 번 갔다. 5월인가 6월에 그곳에 간 기억이 있으니, 그 후에 생긴 건가? 리뉴얼할 기간도 필요하니 영업을 시작한 시기는 초여름이나 그 이후였을 것이다. 아직 3개월 정도밖에 지나지 않았다.

마치 카페 루즈와 일부러 경쟁하려는 듯한 느낌이었다. 음식점을 시작하려면 주변 조사는 했을 터였다.

대로변에 있으니 위치는 좋다. 전면유리로 된 카페는 실내도 밝고 편안하고 좋았다. 게다가 카페 루즈보다 몇 배나 넓구나.

뭔가 싫다고 느껴지는 감정은 편협한 억측일까. 마도카는 알고 있을지 궁금했지만, 유쾌하지 않은 이야기를 하는 것은 에이코에게도 좀 망설여졌다.

아까 그 여자들은 인도 아이스크림인 쿨피를 주문해서 먹었다. 에이코도 종종 마시는 음료였다. 우유가 베이스인 아이스크림에 카다몬 향이 잘 어우러졌다. 마도카 말에 따르면, 생크림이나 계란 등도 들어가지 않아서 깔끔한 것이 특징이라고 했다.

일요일 오후지만 카페 루즈는 여느 때와 달리 한산해 보였다.

보통 토·일요일 오후는 카운터 자리밖에 남지 않는데, 오늘 에이코는 테이블을 하나 점령할 수 있었다.

다른 곳에도 비어 있는 테이블이 두 개나 보였다.

워낙 작은 카페라 두세 팀만 더 와도 테이블이 금세 차겠지만, 신경이 쓰였다. 설마 그 '브와야지'라는 카페 쪽으로 단골들이 흘러가 버린 것은 아닐까.

손님이 가게 경영 상태까지 신경 쓸 필요는 없지만, 카페 루즈가 없어진다면 에이코에게는 큰 사건이다. 이미 이 가게는 에이코에게 생활의 한 축이 되었기 때문이다.

집으로 돌아와 다시 컴퓨터로 검색을 했다.

'브와야지'는 오픈한 지 3개월 반밖에 안 되었는데도, 벌써 잡지나 TV 방송 등에 소개되는 것 같았다. 체인점으로 도심에도 카페가 있는 듯했다. 카페 루즈 같은 개인사업자가 아니다.

사이트가 있어서 들어가 보았다.

'여행을 다녀온 듯한 시간을 당신에게.'

가게 로고 옆에 그렇게 쓰여 있었다. 카페 루즈와 똑같은 콘셉트이다. 메뉴 페이지를 열어보던 에이코는 잠시 숨이 멎었다.

러시아풍 추프쿠헨, 세라두라, 딸기수프….

메뉴까지 카페 루즈와 거의 똑같았다.

모로코풍 민트티, 홍콩식 레몬티, 만타로라는 민트시럽을 탄산수에 타서 주는 음료. 모두 마셔본 적이 있다. 허브레모네이드라는 이름이 보인다는 것은 알름두들러도 있다는 의미였다.

　너무 똑같다. 종종 마도카는 푸드 코디네이터 같은 일을 겸해서, 아는 사람의 카페에 신제품 디저트 아이디어를 주기도 한다고 들었다. 하지만 이 카페의 메뉴를 마도카가 모두 감수했을 리는 없다.

　메뉴 그 자체는 마도카의 오리지널이 아니므로 같은 것이 있어도 민원을 넣을 수 없다. 그러나 이곳은 카페 루즈를 노골적으로 카피하고 있었다.

　콘셉트만 같았다면, 이 정도로 똑같은 메뉴를 판매할 리 없다. 세계에는 헤아릴 수 없을 정도로 많은 디저트가 있으니까.

　메뉴뿐만이 아니다. 거리도 너무 가깝다.

　먼 곳에 있어서 손님들이 겹치지 않는다면 모를까, 걸어서 7분 거리다. 마치 카페 루즈를 망하게 하려고 작심한 듯한 인상이었다. 그런 생각을 하니 등골이 오싹했다.

　손님을 빼앗는 경쟁이 벌어지면, 체력이 강한 쪽이 이긴다.

　출혈경쟁을 벌일 경우, 개인사업자인 카페 루즈보다 다른 곳에도 점포가 있는 브와야지가 오래 견딜 수 있다.

　그러고 보니 이런 이야기를 들은 적이 있다.

　악질적인 프랜차이즈 체인 본사들은 매출이 좋은 프랜차이즈 가맹점 근처에 일부러 직영점을 낸다는 것이다.

　그렇게 되면 매출이 분산되고, 먼저 장사를 하던 가맹점은 적자가 난다. 반면 직영점은 적자 상태에서도 계속 영업을 한다. 적자가 누적되면 머잖아 가맹점 쪽은 무너지고, 그 점포 매출이 그대로 직영점으로 흘러온다.

15년이나 직장인으로 일해온 에이코 역시 비즈니스 세계가 그리 아름답지 않다는 사실은 안다. 약해지거나 섣부르게 행동하다가는 순식간에 착취당하는 세계다.

그러나 너무나도 비인간적으로 진행되는 비즈니스를 목격할 때는 심장이 얼어붙는 듯했다. 무엇을 위해 그렇게도 무자비해지는 건지 에이코는 도무지 이해할 수가 없었다.

단순한 우연일까? 아닐 것이다.

비슷한 드라마, 비슷한 영화, 비슷한 디자인 등이 넘쳐나는 걸 아무렇지 않게 넘기면서도, 자신에게 소중한 것이 카피 당했다는 생각에 이르자 참을 수 없는 분노가 솟구쳤다.

지금까지 에이코가 무심히 지나친 많은 것들도 누군가에게는 매우 소중한 그 무엇이었을 것이다.

화요일은 잔업을 하지 않아 일이 일찍 끝났다.

보통 때라면 이런 날에는 장을 봐 집에서 저녁을 해 먹지만, 브와야지에 가보기로 하고 핸드폰으로 다시 검색을 했다. 규모가 큰 만큼 메뉴는 카페 루즈보다 풍부하고, 식사 메뉴도 여러 가지였다. 저녁을 먹는 것도 가능해 보였다.

역을 나와 번화한 쪽으로 향했다. 걸어서 3분 만에 브와야지에 왔다. 입지 조건은 카페 루즈보다 월등히 좋았다. 실내도 넓고 평일 저녁 시간대라고 보기 어려울 정도로 손님이 많았다.

유리문을 밀고 들어가니, 젊은 여성 점원이 자리까지 안내해 주었다.

그녀가 입은 감색 원피스에 흰 앞치마가 유니폼인 듯했다.

차분하고, 귀엽고, 남자들에게도 인기가 있을 듯한 유니폼인데, 아마도 이 옷이 어울리는 것은 고작 스물다섯 살 정도까지가 아닐까. 색은 차분하지만, 퍼프 소매와 레이스가 붙은 앞치마는 어린 여자애들만 입을 수 있는 디자인이었다.

이런 디자인의 유니폼을 볼 때마다 카페 점원은 어린 여자들만의 전유물인 것 같다는 생각이 든다.

메뉴판을 펼쳤다.

식사는 파스타와 샌드위치가 메인이다. 모두 맛있어 보이지만, 그다지 신기한 것은 없었다. 고심한 끝에 카르보나라를 시켰다.

그다음 디저트 페이지를 펼쳤다.

사이트에서 본 것처럼, 러시아풍 추프쿠헨과 도보스 토르타, 팡 데피스, 세라두라 등이 있었다. 카페 루즈와 다른 건 쇼트케이크와 초콜릿케이크 등 일반적인 케이크가 있다는 점이었다.

종업원이 많아서 가능한 것이리라.

파스타가 나오기 전에 화장실에 갔다. 세면대에는 잡지 등에 실렸던 페이지가 스크랩되어 덕지덕지 붙어 있었다.

자리로 돌아오면서 실내를 둘러보았다. 인테리어 자체는 나쁘지 않다. 큰 창과 밝은 실내, 넓은 테이블과 편안한 의자는 아르텍 도무스 체어인가? 편안한 듯하지만, 전에 있던 카페와 별 차이가 없는 느낌이었다.

게다가 어딘가 뒤죽박죽이었다. 북유럽 스타일을 표방한 심플한 인테리어와 나이 어린 하녀를 연상시키는 점원의 유니폼, 세면대에 조각조각 잘라 붙여둔 잡지들도 센스 있어 보이지는 않았다.

카페 루즈 쪽이 훨씬 나아 보이는 것은 에이코의 편애 섞인 감정일까?

점원이 가져다준 카르보나라도 생크림이 왕창 들어서, 계란과 파마르산 치즈의 존재감이 없었다. 맛이 없는 건 아니지만, 진짜가 아닌 느낌. 카페 루즈에서 만드는 카르보나라에는 생크림이 안 들어간다. 노른자와 치즈, 베이컨과 검은깨만으로 농후하면서도 어딘가 당찬 맛을 만들어낸다.

카르보나라를 다 먹은 에이코는 러시아풍 추프쿠헨과 허브 레모네이드를 시켰다.

점원이 내려놓은 허브레모네이드를 한 입 마시고 알았다.

이건 알름두들러가 아니다. 레모네이드에 대충 민트를 띄운 가짜다. 러시아풍 추프쿠헨도 마찬가지였다. 단맛이 턱없이 부족했다.

모든 게 카페 루즈 쪽이 나았다. 다만 브와야지 요리와 디저트에는 친근함이 있었다. 일본인이 받아들이기 쉬운 맛으로 개

량한 것이다.

마도카가 만들어내는 요리와 디저트에는, 놀라움과 감동이 담겨 있다.

브와야지 요리를 먹으며 익숙하다고 느끼는 사람들이 많을지 모른다. 그러나 에이코가 좋아하는 맛은 아니다.

곰곰이 생각하고 있으려니 옆 테이블에 앉은 여자들의 이야기가 들려왔다.

"자허 토르테 말야. 엄청 맛있다고 들었는데, 솔직히 그 정도는 아니잖아?"

"그래. 추천 메뉴라고 해서 시켜봤는데, 한 번으로 충분하다는 느낌. 맛이 없다고는 할 수 없지만…."

테이블 메뉴를 펼쳐보니, 케이크 코너에 자허 토르테가 보였다. 에이코도 예전에 사 먹은 적 있지만, 너무 진해서 전부 먹지 못하고 고생했던 기억이 난다.

자허 토르테 옆에 눈에 띄는 글씨로 '빈 본고장의 레시피입니다. 추천 메뉴!'라고 적어 놓은 게 보였다.

이건 카페 루즈에는 없는 메뉴다.

자허 토르테는 고급 케이크 전문점에서나 살 수 있다. 일본에서는 쉽게 살 수 있는 케이크가 아니지만, 빈 과자점에 가면 반드시 보인다.

'본고장 레시피'라는 말은 다른 요리처럼 개량된 것이 아니라는 의미를 담는다. 그리고 그런 메뉴는 일반인에게 받아들여지기 쉽지 않다.

갑자기 궁금해졌다. 본고장 자허 토르테와 에이코가 먹은 자허 토르테는 어느 정도나 다를까. 자허 토르테를 주문하면 좋았을지도 모른다. '다음에 올 때'라고 생각하다가 흠칫 놀랐다. 오늘은 정찰하러 왔을 뿐이다. 그 사실을 깜빡 잊고 있었다.

냉정하고 침착한 스파이가 되는 일도 간단하지 않구나. 자허 토르테에 미련을 두다니, 영원히 무리겠구나.

돌아와 아무 생각 없이 TV를 켰다. 골든타임에 무난한 예능 프로를 켜둔 채 외출복을 벗고 실내복으로 갈아입었다.

세면대에서 화장을 지우고 렌즈를 뺐다.

겨우 꾸미지 않은 자신이 된 것 같았다. 에이코는 소파에 몸을 던졌다.

혼자서 사는 일이 외롭다고 가끔 생각하지만, 이미 혼자만의 시간은 자신에게는 빼놓을 수 없는 부분이 되었다. 이제 누군가와 함께 살아가고 싶다는 생각은 하지 않는다. 그럼에도 TV를 켜는 것은 무음의 상태에 살짝 불편함을 느끼기 때문이다.

화면에서 통통한 여성 개그맨이 맛있는 디저트 가게를 방문하고 있었다. 남자 예능인들에게 그녀는 혼나고 있지만, 깨끗한 피부가 살짝 부럽다는 생각을 했다.

그 순간, 여성 예능인이 다음으로 들어간 카페를 보고 에이코는 소파에서 벌떡 일어났다.

틀림없이 조금 전까지 자신이 머물던 카페 브와야지였다.

예능인은 점장이라는 여성과 이야기를 나누었다. 잘해야 20대 후반이나 될까, 마도카와 비슷하거나 조금 어려 보였다. 숏커트가 어울리는 작은 체구의 여성이었다.

살짝 마도카와 닮았다는 느낌도 들었다.

"여기에서는 어떤 디저트를 맛볼 수 있나요?"

"세계의 신기한 디저트를 소개하고 있습니다. 이것은 러시아의 초콜릿 치즈케이크인 추프쿠헨입니다."

점장이 그렇게 말할 때 화면에 드러난 것은 러시아풍 추프쿠헨이었다.

에이코는 고개를 갸우뚱했다. 이 케이크는 러시아풍이라는 이름이 붙어 있지만, 북부 독일에서 먹는 디저트이다. 물론 러시아에서 비슷한 케이크를 먹을 가능성도 있지만, '추프쿠헨'이라는 단어가 본래 독일어라고 마도카는 말했었다.

이 점장에게는 가게에서 제공하는 디저트에 관한 깊은 지식이 없는 듯했다. 카페 루즈의 메뉴를 흉내냈을 뿐, 자신이 발견한 것도 아닐지 모른다.

예능인은 추프쿠헨을 입에 넣고는 "맛있네요." 하며 하이톤으로 감탄했다.

"치즈케이크와 초콜릿이 잘 어울리네요. 이건 정말로 누가 먹어도 빠져들 맛입니다."

다음에 소개한 것은 자허 토르테였다.

"이건 빈의 전통적인 케이크입니다. 아주 농후한 맛이 특징이에요."

한입 떠먹은 예능인이 눈을 동그랗게 떴다.

"정말로, 완전 진하네요. 초콜릿 그 자체 같아요."

"빈에서는 농후한 이 자허 토르테에 생크림을 듬뿍 올려서 먹는답니다."

설명을 듣던 예능인이 과장해서 놀라는 시늉을 했다.

"우와~, 빈 사람들은 단 음식을 정말 좋아하나 봐요."

"네. 그건 아무래도 일본인에게는 너무 무거울 수 있어서, 저희는 자허 토르테만 내고 있습니다."

"너무너무 맛있어요. 이건 반드시 맛보셔야 합니다."

에이코는 괴로워서 TV를 껐다.

TV의 영향력은 여전히 막강하다. SNS 등이 발달하면서 개인의 입소문이 퍼지는 속도도 급속하게 높아졌지만, 그럼에도 TV에서 한번 소개되고 나면 더욱 급격하게 퍼져나간다.

이 방송을 보고 러시아풍 추프쿠헨을 알게 된 시청자들은 카페 루즈를 방문해서 메뉴를 보고는 '여기는 브와야지를 흉내내고 있네.'라고 말하겠지. 지난번 그 여자애들처럼.

실제로는 카페 루즈 쪽이 2년 이상 먼저 오픈했고, 러시아풍 추프쿠헨은 오픈 때부터 인기메뉴였다고 전에 마도카가 말했다.

하지만 그런 것까지 제대로 조사하고 가는 사람은 없을 것이다. 잘못된 이미지만 흡수할 뿐.

어쩌면 브와야지 쪽은 그 점을 노린 게 아닐까. 여러 카페를 운영하고 있다면, 그런 수단도 터득하지 않았을까. 아까 TV에 소개된 점장은 어리니까, 오너는 따로 있을 가능성이 크다. 아니면 그녀가 젊고 비즈니스 재능이 탁월한 것일지도 모른다.

그나저나 마도카는 브와야지 카페를 알고 있을까.

에이코가 카페 루즈를 방문한 것은 다음 주 화요일이었다.

손님이 아무도 없어서 놀랐다. 본래 월요일과 화요일 저녁은 그다지 붐비지 않는다. 특히 저녁은 목요일부터 사람이 늘기 시작해 주말에 정점을 찍는다.

방송 이후로 한 번 브와야지 앞을 지나가는데 만석에다 바깥까지 사람들이 대기하고 있었다. TV의 영향력이었다.

테이크아웃도 가능해서 자허 토르테를 사 왔다. 농후한 초콜릿 케이크로, 살구잼 풍미가 엑센트라고 했지만 설탕을 너무 많이 넣었다. 맛은 있으나 금방 질려버렸다.

브와야지의 분주함에 비하면 카페 루즈는 너무나 한산했다. 에이코로서는 조용해서 좋지만, 살짝 걱정스러웠다.

그런데 마도카가 쾌활한 목소리로 "오늘은 조용하네요."라고 말하고 있었다. 손님이 들지 않으면 걱정될 법도 한데, 그녀는 언제나 즐거운 듯 보였다. 그것도 루즈의 편안함을 만드는 요소였다. 마도카와 이야기를 하고 싶어서 카운터 자리로 갔다.

"아 참, 지난 주 TV에서 러시아풍 추프쿠헨이 소개됐어."

"네. 저랑 룸을 셰어하고 있는 친구가 녹화해 줘서 봤어요. 이런 일을 하다 보면, 보통 때는 TV를 거의 보지 않지만요."

마도카가 살짝 복잡한 미소를 띠웠다.

"세계에 있는 맛있는 케이크와 구운과자류를 소개하고 싶다는 마음으로 이곳을 운영하기 때문에 그런 정보가 알려지면 대환영이에요. 하지만 잘못된 정보가 퍼지는 건 곤란하죠."

"나도 그렇게 생각했어."

스파게티 나폴리탄을 이탈리아 요리라고 소개하는 것과 같은 상황 아닐까. 대화는 거기서 끝났다. 마도카는 브와야지에 대해서는 아무것도 말하지 않았다.

여기서 가깝던데, 같은 말을 할까도 생각했지만 입이 떨어지지 않았다.

벌컥 문 열리는 소리가 났다.

시선을 문 쪽으로 돌리니, 거기에 20대 후반 정도의 남자가 서 있었다. 카고팬츠 주머니에 손을 넣고, 신기하다는 듯 그는 가게 안을 둘러봤다.

"어서 오세요. 편한 자리에 앉으세요."

마도카가 인사를 하자 두리번두리번 시선을 움직이던 그가 카운터 끝자리에 앉았다.

손님이 아무도 없는데 카운터 자리에 앉는 것은 흔치 않은 일이다. 에이코처럼 마도카와 이야기를 하고 싶다면 모를까. 하지만 마도카는 그를 모르는 듯했다.

학생이라고 하기에는 나이가 좀 들어 보였다. 그러나 옷깃에 닿을 듯 기른 머리도, 등을 구부려 주머니에 손을 꽂은 자세도, 회사원으로는 보이지 않았다.

마치 아이가 그대로 어른이 된 듯한 분위기였다.

마도카가 레몬 띄운 물과 메뉴를 그에게 건넸다.

그는 메뉴를 보지도 않고 "커피."라고 했다.

그가 카운터에 있으니, 마도카에게도 말을 걸기가 불편했다. 에이코는 가지고 온 문고판 책을 펼쳐서 읽기 시작했다.

융드립한 커피가 카운터 테이블에 놓였다.

"많이 기다리셨습니다. 편한 시간 보내시고요."

"당신 말이야, 신조 씨에게 미움 살 만한 일을 한 거지?"

툭, 던지듯 그의 입이 열렸다. 마도카의 상황을 이해하려는 듯 그가 고개를 기울였다.

"신조 씨. 브와야지 오너, 당신도 알잖아!"

에이코는 깜짝 놀랐다. 브와야지 오너가 마도카의 지인이란 말인가.

"글쎄요. 저는 그런 기억이 없는데요. 싫어하는 이유는 싫어하는 사람에게 물어야 하는 것 아닌가요?"

그는 재미있다는 듯 웃었다.

"당신, 꽤 심장이 튼튼한가 봐. 재밌네. 뭐, 그런 여자가 아니면 신조 씨가 싫어할 만한 데까지 가지도 않았겠지."

"그런데, 당신은?"

"나는 얼마 전까지 브와야지에서 일했었지. 짤렸지만서두."

"그래서 나한테 알려주러 왔나요?"

"응, 신조 씨에게 좀 돌려주려고."

그는 카운터에 팔꿈치를 짚었다.

"신조 씨는 무슨 짓을 해서라도 당신을 망하게 하고 싶어해."

"그렇게 간단하게 사람을 짓밟을 수 있을까요?"

"내가 보기에는 신조라는 남자, 그런 거 손쉽게 할 수 있는 사람 같던데."

"의견이 좀 다르군."

마도카가 단호하게 대꾸했다. 작은 몸집에 귀여운 여성이라고 여겨지던 마도카가 갑자기 힘차고 씩씩해 보였다.

"적어도 가게 정도는 간단히 망하게 할 수 있지 않을까? 신조는 분명히 그렇게 생각하고 있어."

"가까이에 비슷한 가게를 내서? 메뉴를 똑같이 해서? 세상을 너무 쉽게 생각하는 거 아닌가?"

강한 말투에, 처음으로 그가 동요하는 듯 보였다.

"내가 한 짓이 아냐."

"그렇지. 알려줘서 감사해요. 어쩌면 그럴지도 모른다고 생각하면서도, 단순히 우연이거나 아니면 뻔뻔한 것뿐이라고 믿고 싶었는데. 일부러 그랬다는 사실을 알고 나니 후련해졌네."

마도카는 그의 앞에 내놓은 전표를 들었다.

"커피값은 됐어요. 천천히 드시다 가세요."

남자가 돌아가고, 마도카는 에이코 쪽을 봤다.

"죄송해요. 이상한 이야기를 듣게 해서"

"아니, 그건 괜찮은데…. 정말 괜찮아?"

"괜찮아요. 여기는 건물도 할머니로부터 상속받은 것이고 제 명의이잖아요. 종업원은 저뿐이고, 다른 사람이 넘볼 수 있는 건 아무것도 없어요. 저는 다만 손님만 보고 열심히 일할 뿐이죠."

자신감 넘치는 마도카의 얼굴을 보고 안심했다.

"작은 성이기 때문에 지키기 쉬운 이점도 있어요."

큰길에서도 멀고, 작고, 종업원도 없다. 다만 이곳은 마도카의 성인 것이다. 마도카는 진심으로 이곳을 지키려 하는구나.

"맞다, 죄송하니까 제가 서비스 하나 할게요. 자허 토르테, 먹어 보시겠습니까?"

"어? 메뉴에는 없는 거지?"

"손이 많이 가요. 그래서 혼자 만드는 건 어려운데, 당분간 잘 아는 파티시에에게 받아서 메뉴에 넣을까 생각하고 있어요. 어떠세요?"

얼마 전에 먹었지만, 마도카가 선택한 자허 토르테는 어떻게 다른지 알고 싶어졌다.

"잠시만 기다려 주세요. 함께 할 음료는 커피가 좋을 거예요. 강배전으로."

분명 그 농후한 초콜릿 케이크에는 진한 커피가 어울릴 것이다. 마도카가 주방에 들어가더니, 케이크 접시를 들고 나왔다.

자허 토르테 옆에는 산처럼 쌓인 생크림이 곁들여져 있었다.

"자, 생크림과 함께 드셔 보세요."

조심스레, 생크림을 위에 올린 케이크를 입으로 가져갔다.

한 입 먹자마자 에이코의 눈이 동그래졌다.

이전에 먹을 때, 너무 뻑뻑해서 질릴 듯하던 자허 토르테가 딱 좋은 밸런스를 이루고 있었다. 생크림이 자허 토르테의 농후함을 부드럽게 만들어 주었다.

"이거…"

"TV에서, 브와야지에 고용된 점장이 말했었잖아요. 안 그래도 농후하고 달달한 자허 토르테에 생크림을 넣으면 너무 느끼하다고."

그러나 생크림과 함께 먹는 편이 훨씬 산뜻하고 맛있게 느껴졌다. 자허 토르테는 이렇게 먹는 것임을, 한 입 먹었을 뿐인데 즉각 깨달았다. 생크림만을 다시 먹어 보고 알았다. 이 생크림에는 설탕이 들어있지 않다. 달지 않은 생크림을 곁들여서, 농후한 자허 토르테가 매끈해진 것이다.

"그 점장이 테스트조차 해보지 않았다고는 생각하지 않아요. 다만 지레짐작으로 설탕을 듬뿍 넣은 생크림을 곁들였을 거예요. 그러면 자허 토르테와는 어울리지 않거든요."

마도카는 본고장에 가서 실제로 먹어 본 음식을 메뉴에 넣는다. 브와야지와는 다르다. 몇 장의 사진과 들어서 익힌 지식으로 비슷한 것들을 만들어내는 그들과는.

매출액만으로 보면, 지금은 브와야지가 카페 루즈를 압도할 것이다. 그러나 긴 시간으로 볼 때 그쪽은 점점 매출이 떨어질 테고 가게에는 뻐꾸기시계만 혼자 울게 될 공산이 높다. 반면 마도카는 카페 루즈를 끝까지 지켜낼 것이다. 그것이 마도카가 벌이는 전쟁이다.

"당분간 우리 가게에서도 자허 토르테를 메뉴에 넣을 생각이에요. 비교하며 먹어 보면 분명한 차이를 알 수 있으니까요."

마도카가 가슴을 펴고 웃으며 말했다.

에이코는 알았다. 하얗고 보송한 생크림을 보면, 많은 일본인은 단맛을 먼저 떠올릴지 모른다.

그러나 생크림은 달기만 한 것이 아니다.

식도락가들을 위한 플레이트

카페 구르망

12월이 되자 기온이 뚝 떨어졌다.

마지막 한 장 남은 달력이 쓸쓸해 보인다.

출근할 때 스타킹을 신는 것이 힘들어져서 바지를 입는다. 얼마 전까지만 해도 샌들을 신고 다닌 것 같은데. 나이를 먹으면서 시간 흐름이 너무 빠르게만 느껴진다.

어찌 되었든 12월은 분주하다. 주말은 송년회 약속으로 채워져 있으며, 정체됐던 일과 계획들이 움직이기 시작한다. '내년까지 미루기에는…,' 하는 조바심은 누구에게나 똑같을 것이다.

그래서 카페 루즈에 2주 정도 가지 못했다.

오랜만에 카페 루즈로 향한 것은 12월도 중반쯤 지나, 본격적인 겨울로 접어들던 무렵이었다. 아직 몸은 추위에 익숙하지 못해서 귀갓길의 야경에 눈길도 주지 않고 걸었다.

가능한 한 빨리 집에 가려고 했지만, 집에 가서 식사 준비를 할 엄두조차 안 났다. 조금 더 걷더라도 카페 루즈에 가는 편이

나을 듯했다. 한참 못 갔으므로 마도카도 보고 싶었다.

가게 앞 계단을 오르며 안을 들여다보고는 깜짝 놀랐다.

화요일 늦은 시간인데도 손님으로 가득 차 있었다. 게다가 대부분 젊은 여자들이었다.

시간은 9시를 넘어서고 있었다. 통상 이 시간이면 가게는 한산하다. 카운터 자리가 비어 있는 걸 확인하고는 문을 열었다.

"아~, 나라 씨. 어서 오세요."

접시를 나르던 마도카가 에이코를 보고 미소지었다.

"카운터에 앉으셔요."

언제나 앉는 카운터 자리로 갔다. 살펴보니 테이블 자리에 앉은 여자들은 죄다 큰 접시에 담긴, 케이크와 디저트 모둠 같은 것을 먹고 있었다.

자주 오기 때문에 카페 루즈 메뉴를 숙지하고 있다고 생각했는데, 처음 보는 광경이었다. 새로운 메뉴인지도 모르겠다.

지금은 식사가 먼저다. 메뉴를 펼쳐 이달의 커리를 확인하니 '남인도풍 계란커리'라고 적힌 게 보였다. 커리에 삶은 계란을 토핑한 것은 보았지만, 계란이 메인인 커리는 처음이다.

카르보나라를 먹을까 하다가 마도카가 바쁜 것 같아, 다른 메뉴도 보기로 했다. 디저트 메뉴는 거의 변함이 없는데 안에 한 장의 종이가 끼워져 있었다.

하얀 플레이트에 커피와 몇 가지 디저트가 세트로 구성된 사진이 눈에 들어왔다. 추프쿠헨, 세라두라, 자허 토르테, 딸기수프. 모두 통상 메뉴로 나오는 것과는 다른 미니 사이즈였다.

카페 루즈의 인기메뉴를 모둠으로 만든 플레이트. 아무래도 테이블 손님들이 먹고 있는 게 이 메뉴인 듯했다.

마도카가 카운터로 돌아와 레몬 띄운 물잔을 내려놓았다.

"뭘로 하시겠어요? 이달의 계란커리, 평이 좋은 것 같으니 추천합니다."

"응. 그걸로 할래."

그렇게 대답한 후 알았다. 마도카는 에이코가 12월이 된 후 한 번도 가게에 오지 않은 사실을 알고 있었다. 그게 아니라면 이달의 커리를 추천한다고 일부러 말할 필요가 없으니까.

접객서비스업을 하는 사람은 손님에 대해 그 정도쯤 기억해야 하는 걸까. 아니면 에이코를 특별한 단골이라고 여겨서일까.

밤이니까 화이트와인이라도 부탁할까 생각했는데, 문득 모두가 먹고 있는 케이크 플레이트가 부러워졌다. 술을 주문하면 칼로리 오버니까, 오늘은 술이 아니라 단 것을 즐겨도 좋으리라.

"나라 씨, 고수 좋아하시죠?"

"응, 엄청 좋아해."

계란커리에는 고수가 토핑되어 있었다. 또 라이스에는 레몬 조각이 곁들여졌다. 레몬 풍미 라이스는 지금까지 카페 루즈에서 먹어 본 적 있지만, 커리와도 잘 어울렸다.

"삶은 계란을 으깨서, 커리와 섞어 드세요."

시키는 대로 삶은 계란을 스푼으로 으깼다. 순하면서 조금 포슬포슬한 삶은 계란에, 코코넛밀크 커리를 둘렀다. 스파이시하지만, 매운맛은 살짝만 느껴졌다.

삶은 계란을 커리로 만든다는 건 의외의 발상처럼 느껴지기도 한다. 하지만 토핑에 자주 사용될 정도로 삶은 계란과 커리는 잘 어울린다. 평판이 좋다는 말이 금방 이해됐다.

"맛있네. 이거 내 취향이야."

카운터에 돌아온 마도카에게 그렇게 말하자 그녀도 기쁜 듯 미소로 답했다.

"다행이에요. 나라 씨가 안 좋아할 수도 있다고 생각했거든요."

이제야 조금 차분해진 듯, 그녀는 카운터에 서서 가게를 둘러보았다.

"손님이 많네."

"그러네요. 12월 초에 신메뉴를 냈는데, SNS에서 알려진 모양이에요. 갑자기 손님이 늘어서…."

"이거?"

메뉴 속 삽지를 가리키며 에이코가 물었다. 거기에는 '카페 구르망Cafe Gourmand'이라고 쓰여 있었다.

"맞아요. 프랑스에서 최근 유행하기 시작한 디저트 플레이트예요. 아직 일본에는 잘 알려지지 않았지만…."

"구르망이라면, 미식가?"

"프랑스어로는 '식도락'이란 의미가 큰 것 같아요."

식도락의 커피라…. 듣고 보니 그럴듯했다.

커피뿐만 아니라 같은 접시에 여러 종류의 디저트를 모둠으로 세팅하다니, 너무나 매력적이다. 조금씩 여러 가지 맛을 즐기고 싶어하는 것은 일본인만의 취향은 아닌 듯했다.

무언가 떠올라 물어보았다.

"얼마 전 휴일에는 프랑스에 갔다 온 거야?"

"아니요, 간사이 지방에 다녀 왔어요. 나라와 교토에. 여행과는 별개로 유럽에 있는 친구한테 카페 구르망 이야기를 듣고는, 가게에서 내보기로 했지요."

그 생각이 제대로 맞아떨어진 셈이다.

근방에 생긴 같은 콘셉트의 카페 브와야지 영향으로 손님이 줄어드는 상황이라 에이코는 걱정하고 있었다.

"딱히 브와야지와는 상관없어요."

에이코의 생각을 읽은 듯 마도카가 그런 말을 해서 흠칫 놀랐다.

"커피 컵이 올려진 플레이트를 2개월 전부터 발주해놓고 있었어요. 프랑스에서는 에스프레소와 작은 디저트가 세트로 구성돼요. 그런데 일본인은 에스프레소를 좋아하지 않기 때문에 커피나 홍차를 함께 올리고 싶어서요. 역시 같은 플레이트에 올려져 있지 않으면, 카페 구르망이라고 할 수 없으니까요."

이 귀여움과 독특함은 분명 커피와 디저트가 같은 플레이트에 올려져 있기 때문이다. 커피 컵과 디저트가 따로 나오면, 자주 보는 디저트 모둠과 같아서 식상할 터였다.

"나도 카페 구르망 줘요."

"네, 커피로 하시겠어요?"

"응."

커피를 내리고 나면, 이미 만들어진 디저트를 접시에 올리기만 하면 되니 빠르게 서빙할 수 있다. 커리 그릇이 치워지는가 싶더니 곧바로 메뉴 속 사진에서 본 정사각형 플레이트가 놓였다.

왼쪽 위에 커피, 시계방향으로 추프쿠헨, 세라두라, 딸기수프, 그리고 생크림이 올려진 자허 토르테. 모두 한 입 사이즈였다. 세라두라와 딸기 수프는 작은 유리 용기에 들어있었다.

실물은 사진보다도 훨씬 귀여웠다. 그러나 역시 에스프레소 잔이 있었다면, 시각적 밸런스가 훨씬 좋을 것 같다는 생각도 들었다. 의문이 생겨서 물었다.

"있잖아, 프랑스인이나 이탈리아인들은 에스프레소를 좋아하는데, 왜 일본인은 아닌 걸까?"

"아마도 일본인은 커피와 홍차에 설탕을 넣지 않아서 아닐까요? 에스프레소, 프랑스와 이탈리아에서는 거기에 설탕을 넣어서 마시는 게 보통이니까. 블랙으로 에스프레소를 마시는 일은 별로 없어요. 물론 일본 커피 전문점에서는 블랙으로 마셔도 맛있는 에스프레소를 연구해서 내리기도 하지만요."

"그렇구나…"

에스프레소에 설탕을 넣는 게 일반적이라니, 몰랐다. 생각 없이 물어보는 질문에도 마도카는 명쾌하게 대답을 해준다. 그만큼 그녀는 여러 나라를 방문하고, 각 나라의 카페 문화에 관해서도 연구했을 것이다.

"반면 드립 커피나 카푸치노, 카페라테 같은 음료는 설탕을 넣지 않아도 맛있지요. 일본인이 커피에 설탕을 넣지 않는 건, 녹차에 익숙해진 영향이 크지 않을까 항상 생각했어요. 그런데 중국이나 다른 아시아 국가들에서는 녹차와 홍차에도 설탕을 넣어 마시는 일이 많더라고요."

"정말이야?"

처음 듣는 이야기였다. 일본인의 상식으로는 생각하기 어렵지만, 녹차도 차의 일종이니 홍차처럼 설탕을 넣어도 맛있을지 모른다.

"상식…이라는 것도, 알고 보면 참 애매한 거구나."

스스로 상식이라고 굳게 믿었던 것이, 한정된 장소에서만 통용되는 룰에 불과함을 에이코는 종종 느낀다. 마도카가 조금 슬픈 듯한 얼굴로 대꾸했다.

"네, 그런 것 같아요. 그래서 저는 여행을 좋아하는 거고요."

집에 돌아와서 핸드폰으로 '카페 구르망'을 검색했다.

아름다운 카페 구르망 사진 여러 개가 주르르 떴다. 대부분 프랑스의 비스트로에서 촬영된 사진이지만, 그들 중 카페 루즈의 플레이트가 몇 개 섞여 있었다.

플레이트에 꾸려진 한 접시는 너무도 아름다워서, 사진을 찍어 친구와 공유하고 싶은 마음이 절로 생길 것 같다.

본고장 프랑스에서 찍은 카페 구르망 사진들 역시 정말 예뻤다. 커피잔이 에스프레소용으로 작은 만큼, 소꿉장난 같은 귀여움이 증폭되는 느낌이었다.

사진들을 하나하나 보고 있자니, 그다지 밸런스가 좋지 않게 세팅된 것이 눈에 들어왔다. 커다란 둥근 접시의 정중앙에 커피잔을 놓고, 그 주변에 작은 디저트들을 올려둔 것이었다.

대부분 카페 구르망 접시는 중앙이 움푹 패어 있다. 액체류를 올리는 일도 있으니, 중앙이 패어야 사용하기 편하다.

그런데 그저 평평한 접시에 커피잔을 올린다면 한가운데 둘 수밖에 없다. 테두리 쪽에 두면 미끄러지니까. 마도카가 플레이트를 특별 주문한 것도 이런 이유에서였다.

커피가 한가운데로 올 수밖에 없는 기성 접시 세팅은 아름다움과는 거리가 멀고, 커피잔을 집어 올리기도 힘들 뿐더러 다른 음식을 먹기에도 불편하다.

사진을 클릭한 에이코는 움찔했다.

그것은 브와야지의 카페 구르망이었다.

며칠이 지났다.

퇴근하고 돌아오는 길에 역 앞에 서 있는데 누군가가 어깨를 톡톡 두드렸다.

뒤돌아보니 20대 후반 청년이 있었다. 바로 기억이 났다. 얼마 전 카페 루즈에서 만난 청년이었다. 브와야지에서 일하다 잘렸다고 했었다.

"누나는 구즈이의 친구죠?"

마도카는 에이코가 좋아하는 카페의 오너이자 과거 회사 동료였다. 친구가 아니라고 말하기도 어색하지만, 친구라고 선뜻 대답하기도 어렵다. 에이코는 마도카와 개인적으로 만난 적도 없고, 그녀의 개인사에 대해서도 잘 모른다.

"잠시 상담하고 싶은 게 있는데, 들어봐 주실 수 있을까요?"

딱히 상담할 만한 관계가 아닌데도 에이코는 무심코 고개를 끄덕이고 말았다. 사람이 있는 곳이라면 불쾌한 일을 겪지 않을 것이고, 무엇보다 그는 팔이 가늘고 완력도 없어 보였다.

에이코와 청년은 가까이에 있는 셀프서비스 커피숍으로 들어갔다. 에이코가 지갑에서 커피값을 꺼내려고 하자 청년이 제지했다.

"제가 상담하고 싶다고 했으니 제가 내겠습니다."

"괜찮아요. 일자리 잃었다고 했잖아요."

그렇게 말하며 커피값 250엔을 트레이에 넣었다. 그는 어깨를 좁히며 웃으면서도 그 이상 고집부리지는 않았다.

애초 그 사람 몫까지 낼 의도는 없었으나, 손윗사람으로서 그 정도 호의를 보이는 게 마땅하다고 여겼다.

붐비는 실내에서 겨우 2층 빈자리를 찾았다. 좁은 2인석이었다. 그는 자신의 아이스 카페오레를 잡으며 말했다.

"미야사토라고 합니다. 미야사토 토마."

이름에서마저 젊음을 느끼는 경우가 있다. 그의 이름을 듣는 순간 '젊다'라고 생각했다.

마도카에게 싹수없는 말투로 일관하던 그가 에이코에게 높임말을 쓰는 건 상담을 요청했기 때문인가, 아니면 나이 차 때문인가. 다소 긴 머리를 뒤로 대충 묶고 하늘거리는 얇은 코트를 입고 있는데, 얼굴은 정돈된 편이다. 그는 빨대를 잔에 꽂아 액체를 섞으면서 말했다.

"알고 계시나요? 지금 카페 루즈가 젊은이들 사이에서 엄청 인기를 끄는 거요. 대단한 것 같아요. 구즈이 씨."

"아, 카페 구르망이 SNS에서 확산하고 있다고 들었는데…."

그 플레이트는 사진도 정말 예쁘다. 누구든 SNS에서 우연히 보게 되면 호기심이 발동하고 공유하고 싶은 마음이 들 것이다.

"신조 씨에게 미움 사서 쫓았나 싶었는데, 인기메뉴를 개발해 되치기하다니…. 정말 대단한 사람입니다."

"딱히 브와야지를 의식하지 않았다고 말하던데요."

"그랬습니까?"

토마는 어안이 벙벙한 얼굴이 되었다.

"그걸 위해서 플레이트도 미리 특별주문해 두었고, 메뉴 자체는 전부터 준비하고 있었다고 말하더라고요."

"우와! …갖고 있네요."

운을 의미하는 건가?

에이코는 커피잔을 자신 쪽으로 당기며 물었다.

"그래서, 상담이라는 게 뭔데요?"

토마는 자세를 세웠다.

"저…, 얼마 전 구즈이 씨에게 가게에서 일하게 해달라고 부탁했는데 거절당했어요. 지금은 바쁠 테니까, 한 달 후든 두 달 후든 좋다고 말해 봤는데…."

에이코가 어이없다는 표정으로 쳐다보자 토마가 물었다.

"왜 그러십니까?"

"당연하죠. 얼마 전까지 브와야지에서 일했잖아요. 아무렴 거절하지. 스파이일지도 모르고."

"나 같은 사람은 그런 영리한 일은 못 합니다."

그럴지도 모르지만, 경계를 풀면서까지 마도카가 그를 받아들일 이유는 없다.

"적에 대해 어느 정도 알고 있는 편이 좋다고 나는 생각하는데 말이죠…."

혼잣말처럼 중얼거리는 그에게 에이코는 쓴웃음을 지었다.

"구즈이 씨가 그렇게 단호한 건, 이미 상대에 대해 어느 정도 알고 있다는 의미 아닌가?"

"네, 그럴지도 모르지만…. 구즈이 씨, 전혀 흥미가 없다는 듯한 태도여서…."

마도카로서는 상대하는 것 자체가 같은 씨름판에 서는 것 같아서 싫은지도 모른다.

"이봐요, 미야사토 군. 그 신조 씨와 구즈이 씨가 정확히 무엇 때문에 불화하는지도 모르는 거지?"

"브와야지에서 일하는 애들과 사이가 좋으니까, 알아보는 것은 가능합니다"

그건 거짓말이 아닐 터이다. 이 남자는 믿음직스럽지 못한 동시에, 뭔가 가만히 있고는 못 배길 것 같은 구석이 있다.

"제가 들은 바로는 신조 씨의 할머니와 관계가 있는 것 같습니다. 할머니를 심각하게 만들었다든가, 뭐 그런 이야기였어요."

"구즈이 씨가?"

마도카가 그런 일을 할 거라고는 믿기지 않았다.

"신조 씨가 워낙 고압적인 남자니까, 할머니 역시 참기 힘든 사람이지 않았을까요?"

어찌 됐든, 그런 뜬소문만으로는 아무것도 판단할 수 없었다.

"그래서, 내게 상담하고 싶은 게 뭐예요."

빈 커피잔을 트레이에 올리며, 에이코가 재차 물었다.

"그거는 말이죠, 구즈이 씨에게 저를 채용하라고 말씀 좀 해주시면 안 될까요?"

"그러니까, 그럴 이유가 하나도 없잖아요. 채용하고 말고는 구즈이 씨 자신이 결정할 일이고."

"아, 누나. 너무 차가운 거 아니에요?"

그는 빨대를 이로 문 채 의자 등받이에 몸을 기댔다.

"그럼, 이것도 말할게요. 나, 구즈이 씨한테 반했어요. 귀여운데 강인하고 머리도 좋고, 한 번에 끌렸다고나 할까. 저 좀 도와주지 않으실래요?"

에이코가 약간 안쓰러운 마음으로 그를 봤다. 왜 이토록 시각이 다른 것일까. 한숨을 쉬며 에이코가 대답했다.

"그 말까지 들었으니 이제 절대로 추천할 수 없겠네."

"왜요? 내가 믿음직스럽지 못해서?"

"자신에게 연애감정을 가진 남자를, 둘만 근무하는 직장에서 일하게 할 수는 없지. 게다가 친구를 그런 환경에 두는 것도 안 될 일이고."

남자는 놀란 것 같았다.

"만약 서로 좋아해서 그렇게 되었다면 모르지만, 그렇지 않을 경우 그 자체로 공포가 될 수 있거든요."

거기까지 말하니 이번에는 그가 실망한 표정으로 물었다.

"제가 구즈이 씨를 억지로 어떻게 할 거라고 생각하시는…?"

"아닐지도 모르지. 그러나 나는 당신을 잘 알지 못해요. 게다가 당신은 이미 하나의 룰을 어기려 하고 있잖아. 일하는 곳에 연애를 끌고 오지 않는다, 연애를 위해 일을 이용하면 안 된다는 룰 말이죠."

"그게 룰인 겁니까? 직장 내 연애는 흔한 거 아닌가요?"

"그야 결과적으로 그렇게 된 것뿐이고. 그럼에도 만약 자신의 직장에서 동료 여성에게 연애감정을 품은 남자 직원이 있다면, 애써서 그 동료와 일로 가까워지지 않도록 하죠. 오히려 멀리하려고 노력하거나…."

"그건 질투 아닌가요?"

화나지는 않았지만 어이가 없었다. 에이코는 잠시 웃다가 계속했다.

"질투라고요? 연애는 무턱대고 좋은 감정이고, 여자들은 남자한테 사랑받으면 마냥 좋아할 거라고 생각해요? 반대로 일과 연애를 분리하려 노력하는 여자는 질투심이 많은 거라고?"

그는 얼빠진 얼굴로 눈만 끔벅거렸다.

"싫으면 거절하면 된다고 쉽게 생각할지 모르지만, 거절하는 것 자체에도 정신력이 필요해요. 더구나 일하는 공간에서 그런 문제가 생기면 상당한 에너지가 소모되는 거야. 정말로 심신이 다 지쳐버린다고."

맛있는 디저트라면 모둠으로 함께 먹어도 즐거울지 모른다.

그러나 직장 일에 연애를 끌어들이는 행동은 커리와 디저트를 한 접시에 담아서 내는 것과 같다. 개중에는 잘 되는 커플도 있을지 모르지만, 둘은 애초에 함께 할 것들이 아니다.

"당신이 구즈이 씨를 좋아한다면, 핸드폰 번호를 주거나 애써서 상대의 번호를 알아내든가 해서 거리를 좁혀가면 될 문제예요. 그 감정을 위해 일을 이용해서는 절대 안 되지. 게다가 그녀는 지금 자신의 일을 너무도 소중하게 여기고 있다고."

토마는 여전히 받아들을 수 없다는 얼굴을 하고 있었다.

"자, 이렇게 상상해 봐요. 가령 당신이 게이인데, 어떤 남성을 좋아하게 됐다고 쳐요. 그 사람과 사귀기 위해서 같은 직장에 잠입하려 한다?"

"… 모르겠네…요."

다만 그는 에이코의 말을 농담으로 듣지는 않고 진지하게 생각해 보려 애쓰는 눈치였다.

"말씀 듣고 보니 그렇네요. 단순하게 생각하기로는, 어떻게든 같은 공간에 있고 싶을 것 같지만…. 그래도 깊이 사귀기 위해서라면, 좀 더 사적으로 가까워지려고 할 것 같아요. 상대가 게이인지 아닌지도 사적인 관계가 아니라면 알 수 없을 것이고."

그의 대답을 들은 에이코는 고개를 끄덕였다.

"납득한다니 다행이군."

그는 후유, 하고 한숨을 쉬었다.

"내가 아직 어린…, 건가요?"

"그렇네. 발상이 아직 어린애 수준이네요."

초등학생 무렵에 남녀로 사이가 좋은 반 친구들을 묶어서 커플을 만들려고 하는 것과 같은 수준이다.

"뭐, 혹시 나중에 미야사토 군과 구즈이 씨가 잘 된다면 그때는 축하할게요. 하지만 사귀기 전에 자리를 만들어주거나 협력하는 건 절대 할 수 없어."

만약 마도카가 '그가 좋아졌어요.'라고 하거나 '남자친구를 갖고 싶어요.'라고 상담해온다면, 그건 다른 문제다.

"아 참, 생각해 보니 구즈이 씨는 애인이 있다고 말했던 것 같은데…."

"진짭니까?"

토마는 테이블 위에 푹하고 늘어졌다.

"지난 여름에 그런 말을 들었으니까, 지금은 달라졌을지도 모르지만…."

그렇게 말했지만, 그에게는 들리지 않은 듯했다. 적어도 나쁜 인간은 아닌 느낌이었다.

"그럼, 뭐 이야기는 끝났네. 나는 이만 갈게요."

아직도 처져 있는 토마를 두고 에이코는 자리에서 일어났다.

자연스럽게 발은 카페 루즈로 향했다.

마도카와 이야기를 하고 싶어진 것은, 자신의 생각이 틀리지 않았는지 확인하고 싶어서였는도 모른다. 만약 마도카가 토마에게 호감을 품고 있다면, 아직 손 쓸 방법은 있다. 그 가능성은 에이코의 눈에는 아주 낮아 보이지만.

카페 구르망 덕분인지, 오늘도 카페 루즈는 만석이었다. 카운터를 보니 항상 앉던 자리에도 여자 손님이 앉아 있었다.

드문 일이다. 그곳은 다른 카운터 자리보다 좁아서, 마도카는 에이코 외에 다른 손님에게 안내하지 않는데. 포기하고 가려는데 때마침 카운터 커플이 일어났다.

마도카도 에이코를 알아보고 미소지었다.

"아, 나라 씨. 지금 치울 테니까 잠시만 기다려 주세요."

오늘은 어제 집에서 만든 니쿠쟈가(감자고기조림)가 남아 있어서, 식사할 생각은 없다. 알름두들러라도 한 잔 마시고 일어설 생각이었다.

카운터 자리에 앉았다.

언제나 에이코가 앉는 자리의 여성이, 이쪽을 보더니 꾸벅 인사를 했다. 긴 머리를 하나로 묶은 마른 체형의 여성. 언뜻 어디서 본 적 있는 느낌이라고 여기던 순간, 자신과 닮았다는 생각이 들었다. 에이코보다 미인이고 젊어 보였다. 마도카보다는 조금 연상일 듯했다.

그녀는 에이코를 알고 있는 듯 미소를 보였다. 에이코도 미소를 지었지만 조금 신기하게 여겨졌다.

지금 마도카는 바쁘다. 메뉴를 보며 조용히 기다렸다.

밤에는 추우니까 따뜻한 마사라차이를 시키는 것도 좋겠다.

"많이 기다리셨죠. 뭘로 하시겠습니까?"

"마사라차이."

"조금만 기다려주세요."

마도카가 주방으로 들어갔다. 시선을 돌릴 때, 또다시 카운터의 그녀와 눈이 마주쳤다. 에이코에게 말을 걸고 싶어하는 눈치였다. 남성이 말을 걸어올 때도 이런 식으로 눈이 마주치는 경우가 많았다.

잠시 후 마도카가 마사라차이를 들고 나왔다. 시나몬 쿠키가 곁들여져 있었다.

"이거, 저분의 선물이에요."

마도카가 카운터의 그녀를 가리켰다.

"신조 하루카, 제 친구예요. 지금은 일 때문에 벨기에에 살고 있고요"

흠칫 놀랐다. 신조라는 성을 아까도 들었다.

어쩌면 그 신조의 가족인가.

"잘 먹겠습니다."

에이코는 하루카에게 인사하고 시나몬 쿠키의 포장지를 벗겼다. 마사라차이에도 시나몬이 들어가기 때문에 잘 어울렸다. 인도와 벨기에는 꽤 거리가 있을 텐데, 맛있는 음식은 거리 같은 건 간단하게 뛰어넘어 버리나 보다.

그러고 보니, 카페 구르망에도 여러 나라의 디저트들이 한 접시에 올려져 있다. 딸기수프는 핀란드, 추프쿠헨은 독일, 자허 토르테는 오스트리아, 세라두라는 포르투갈이었다. 전부 유럽이라는 공통점은 있지만, 핀란드와 포르투갈은 북동과 남시 양끝단이다.

눈 딱 감고 하루카에게 말을 걸었다.

"벨기에에서는 정말로 시나몬 쿠키를 많이 먹나요?"

그녀가 후훗, 웃었다.

"일본인이 상상하는 것 이상으로 많이 먹어요. 거기서는 스페큐로스라고 부르는데, 카페에서 커피를 주문하면 반드시 붙어 나오고, 스페큐로스 맛의 아이스크림도 있고, 빵에 발라먹는 페스트나 스페큐로스 맛의 초콜릿도 팔아요."

시나몬 쿠키와 초콜릿은 각각 전혀 다른 맛의 과자인데, 시나몬 쿠키 맛이 나는 초콜릿이라니 상상도 안 된다. 그곳 사람들에게는 말차 맛 초콜릿이라든가 캐러멜 풍미 초콜릿 같은 것인지도 모른다.

마도카는 하루카와 눈을 마주치고 웃었다. 친구라고 듣지 않아도 둘이 친구인 건 누가 봐도 알 정도로 사이가 좋아 보였다. 성이 신조인 것은 브와야지의 오너와는 관계가 없는 것인가. 아니면 사이가 좋아서 오너에게 원망을 사기라도 한 것인가.

어느 쪽이라도 가볍게 물을 수 있는 일이 아니었다.

마사라차이를 다 마신 에이코는 바로 자리에서 일어났다. 만석일 때는, 항상 길게 앉아 있지 않도록 유념한다.

마도카는 언제나처럼 문 앞까지 나와 배웅했다.

"또 들러주세요. 정월에는 어디도 안 가니까 가게를 열어두려고 해요."

"월초에는 휴일 아니야?"

놀라서 질문했다.

"연말연시는 어디에 가도 혼잡하고, 비행기 티켓도 호텔도 다 비싸서 집에 있으려고요. 정월에는 휴업하는 카페가 많지만, 그만큼 손님도 흘러서 오더라고요."

에이코도 정월 하루만 본가에 갔다 올 생각이다. 그 외에는 전혀 예정된 일이 없다.

가끔은 온천에라도 가볼까 생각하지만, 생각만 할 뿐 가고 싶은 곳조차 정하지 않는다. 연말이나 골든위크, 추석 연휴 등을 혼자서 보내노라면 살짝 쓸쓸한 기분에 빠진다. 혼잡함을 피해 편안하게 보내기로 한 것은 자신인데, 혼자만 세상에 남겨진 듯한 기분이 드는 것은 대책 없는 감상일까.

그러나 카페 루즈가 열려 있다면 사정이 달라진다. 누군가와 이야기하고 싶을 때 갈 곳이 생겼다. 연말연초의 쓸쓸한 마음이 조금 누그러든다.

또 한 번 생각한다. 에이코에게 카페 루즈는 결코 잃고 싶지 않은 소중한 장소라고.

다시 만난 세상

———————바클라바

연말은 싫다.

해야 할 일은 끝도 없이 쌓이고, 마음은 하염없이 분주해진다. 아무리 척척 일들을 해결하고 쌓여가는 잡무를 하나하나 해치워도, 뭔가에 쫓기는 듯한 기분을 피할 수 없다.

시간을 들여 대청소를 하고도 더러운 곳만 자꾸 드러나서 신경이 쓰이는 꼴이다.

어쩌면 에이코의 성향 문제일지도 모른다. 언제나 여러 일을 나중으로 미룬다. 회사에서 받는 건강진단뿐만 아니라 제대로 된 종합검진을 언젠가 받아야지, 피부에 트러블이 생겼는데 피부과에 가봐야지, 기모노 잘 입는 법도 배워야지, 궁리만 할 뿐 실행으로 옮기지 못하고 있다.

이래저래 미루는 사이 보고 싶은 영화는 상영이 끝나버리고, 가보고 싶던 가게는 폐점해 버린다. 그러다 보면 영화 제목도, 가게 이름도 잊어버리고는 어딘지 씁쓸한 후회만 남게 되는 것이다. 결혼이나 출산도 그런 것과 비슷해서, 시간이 지나 맛없어진 케이크를 못 먹게 될 때까지 기다리고 있는 듯한 기분이 든다.

물론 완전하게 타임 오버라고 생각하는 것은 아니다. 하고 싶어지면 지금부터 노력하면 될 일이다. 출산은 둘째치고라도 몇 살이 되더라도 결혼은 할 수 있다.

다만 그렇게 되도록 노력하는 열정이 없다. 혼자 사는 생활에 익숙해지면, 이제 와 굳이 누군가와 함께하고 싶은 생각이 들지 않는다. 외롭다고 느끼는 일도 별로 없다.

언젠가 어릴 적부터 친했던 친구에게 들은 적이 있다.

"외롭다고 느끼지 않는 것은 말야, 감정이 무리하고 있다는 증거야."

그 말을 들으니 어쩐지, 킬러 문항에 걸린 듯한 기분이었다.

외롭다고 느끼는 건 당연하고, 외롭지 않다고 느끼는 건 감정이 무리하고 있다는 증거라… 외롭다고 말하면 실은 외롭지 않다는 의미인 건가.

아마도 말장난에 불과할 것이다. 외롭다는 말은, 말 그대로 외롭다는 뜻이다. 그저 친구는 에이코를 '외로운 사람'이라고 규정하고 싶었던 게 아닐까.

20대에 어깨결림이 심해서 안마사를 찾아갔는데, 그가 에이코에게 이런 말을 했다.

"수족냉증이에요."

에이코는 어릴 때부터 더위를 많이 탔고, 당시에는 손발이 차갑다고 느끼지도 않았다.

"그렇지 않은데요."

"아, 그거는 손님이 둔감해져서 그래요. 냉증이 심각한 사람일수록 잘 느끼지 못합니다."

그냥 그런가 보다 하고 넘겼는데, 나중에 생각해 보니 너무나 이상했다. 이쪽에서 어떻게 대답하든 결국 상대의 의견이 옳은 게 된다. 점을 보는 것도 같은 맥락이겠지.

그런데도 그런 말들은 어쩐지 주문과 비슷해서, 에이코 자신조차 종종 '나는 정말로 외로운 걸까?' 혹은 '어쩌면 냉증인가?'라고 생각하게 된다.

그런 불안감이 한 해를 매듭짓는 연말이라는 시점에 한꺼번에 분출되어 과부하가 걸리는 것이다.

우울한 생각에 빠져있던 탓인지, 크리스마스이브를 코앞에 둔 12월 22일, 에이코는 심한 감기에 걸리고 말았다.

"독감은 아닌 것 같아요."

여자 의사선생님이 검사키트를 보면서 말했다.

38.5도 고열이 있어서 무거운 몸을 이끌고 병원까지 와 코에 면봉을 쑤시는 불쾌한 검사도 참았다. 일반 감기인 줄 알았으면 집에서 푹 잠이나 잘걸. 그게 나았을 텐데…. 후회가 밀려왔다.

단순히 생각해 보면 독감이 아니라는 진단을 듣고 기뻐해야 마땅하다. 하지만 당당히 회사를 쉴 기회도 그리 없는 마당에, 크리스마스 노래와 일루미네이션의 진흙탕물과 거리를 두면서 집에 틀어박혀 지낼 기회를 놓쳤다는 생각 때문에 유감스러운 마음마저 들었다.

"종합감기약과 목감기 처방전을 드릴 테니까, 약국에서 받으세요."

네, 하며 김빠진 대답을 한 것은 코가 막혔기 때문이다. 약국에 가서 비타민제도 함께 사둬야겠다고 생각하며 대기실로 돌아와 수납을 기다렸다.

추위가 심해진 탓인지 병원 대기실은 앉을 자리가 없을 정도로 혼잡했다.

콜록콜록 기침 소리를 내는 노인과 파랗게 질린 듯한 얼굴을 한 사람들이 힘없이 앉아 있었다. 독감 의심이 있는 환자는 곧바로 다른 곳으로 데려가니까, 거기서 기다리는 건 일반 감기나 다른 병으로 내원한 환자들일 것이다.

에이코는 서둘러 마스크를 썼다. 감기 외에 다른 병을 옮겨가면 곤란하니까, 혹은 다른 병으로 내원한 사람에게 감기를 옮기면 안 되니까 말이다.

문득 시선을 느꼈다. 얼굴을 드니, 건너편 소파에 앉은 여자가 이쪽을 보고 있었다.

마스크는 쓰지 않았다. 독감이라면 마스크를 썼을 것이고, 독감이 아닌 일반 감기여도 이 계절에는 감염될 가능성이 높다. 이 계절에 마스크 없이 병원 대기실에 있는 건 체력에 자신이 있다는 의미인가.

누군지 금방 알아챘다. 카페 루즈에서 만났던 여자다. 마도카의 지인으로 그녀를 '톱밥 쌩'이라는 별명으로 부르던 사람. 이름을 기억해내는 데는 조금 더 시간이 걸렸다. 쓰시마이다.

똑바로 에이코를 보고 있었으니, 그녀도 에이코를 기억해낸 것이다.

에이코 옆에 앉은 노인이 이름이 불리자 진찰실로 들어갔다. 쓰시마는 망설임 없이 에이코 쪽으로 이동했다.

"독감? 감기?"

단도직입적으로 물었다.

"독감 검사에서는 음성이었어요."

드물게 검사에서 음성이 나와도 독감인 경우가 있다고 들었다. 다만 발열 시점으로부터 시간이 많이 지났기 때문에 아마도 그 가능성은 낮을 거라고 의사는 설명했다.

"뭐야, 애석하네. 독감이면 옮아갈까 했더니만."

그렇게 말하더니 씨익 웃었다. 농담이라 해도 그다지 웃기지 않는다. 어쩌면 에이코처럼 회사에 휴가계를 낼까 생각했던 모양이다.

"감기예요?"

물어보니 그녀가 고개를 가로젓는다.

"아니, 방광염."

여자에게 많은 질병이다. 감기가 아닌데 마스크를 쓰지 않는 것은 누군가로부터 감기나 독감이 옮아도 좋다고 생각해서인가.

"있잖아. 그냥 회사 가기 싫어서."

솔직한 쓰시마의 말에 에이코도 쓴웃음을 지었다.

"그 기분은 잘 알죠."

"구즈이 씨 카페에서 만났죠?"

쓰시마는 이제 '톱밥 짱'이라고 부르지 않았다.

"네, 두 번."

"구즈이 씨와 사이가 좋던데. 친구?"

"개인적으로 만나는 일은 없지만, 옛날에 같은 직장에서 일했어요."

쓰시마가 이해한다는 듯 고개를 끄덕였다. 그리고 물었다.

"있잖아요. 그 애, 원래부터 그런 애였어?"

"그런 애…, 라니요?"

"좀 더 말수도 없고 쭈뼛쭈뼛하던 기억이 있어서. 그렇게 당돌한 느낌은 아니었거든."

그래서 괴롭혔던 거야? 싫어지려고 한다.

에이코는 함께 일하던 때의 마도카를 떠올려 보았다. 분명 말수는 없었다. 다른 동료들과 이야기하는 모습을 본 적이 거의 없다. 벌벌 떠는 유형은 아니지만, 얌전했던 걸로 기억한다. 사람을 깔보는 인간들이 보면, 약한 사람으로 보일 수도 있을 것 같다.

쓰시마의 이름이 불렸다. 그녀는 바로 일어났다.

"그럼, 관리 잘하고."

"그쪽도요."

진료실로 들어가는 그녀의 뒷모습은 너무나 지쳐 보였다.

이 계절에 건강한 것은 어린이와 젊은 사람, 그리고 연인들뿐인지도 모른다.

6년 전, 에이코가 마도카에게 어떤 인상을 품었는지 기억해내는 건 쉽지 않다.

그녀와 특별히 사이가 좋았던 것도 아니다. 에이코는 일이 끝난 후 회사 동료나 후배들과 함께 시간을 보내는 일이 극히 드물었다. 회식은 권유가 있으면 가기는 하지만, 그뿐이다.

회사에서 에이코가 말을 걸었을 때 마도카는 너무 튀지 않는 태도로 대답했을 것이다. 쭈뼛거리던 기억은 없다. 그러나 그녀가 다른 동료와 함께 있다거나 누군가와 즐겁게 이야기하는 모습을 본 적도 없다.

마도카에 대한 에이코의 기억과 인상은 카페 루즈의 오너로서 재회했을 때부터로 업데이트되었다. 그 전에는 6년 사이에 만난 적도 없고, 그녀가 생각나는 일조차 거의 없었다. 과거의 기억은 에이코 스스로에 의해 마음대로 수정되거나 덮어쓰기가 되어버린다. 자신의 기억이라 해도 쉽게 신뢰할 수 없다.

그래도 쓰시마의 말을 듣고 나서 알게 되었다.

마도카는 분명 다른 사람들을 피하는 것처럼 보였다.

이틀 후, 겨우 열이 내려 출근할 수 있게 되었다.

크리스마스이브라고 해서 특별한 일정도 없다. 하다못해 케이크라도 사서 들어갈까 생각했지만, 아직 코가 심하게 막혀 있어서 뭘 먹어도 맛있지 않았다.

나아가는 중이라지만 컨디션이 완벽하게 회복되지 않았다. 친구를 불러서 한잔 하러 가는 것도 여의치 않다.

점심시간에, 그래도 몸에 좋은 걸 먹어야겠다고 생각하면서 엘레베이터에 탔다가 인사부의 사와키 료코와 만났다. 입사 동기라 부서는 달라도 만나면 수다를 떨고, 종종 차를 마시러 가기도 하는 사이다.

"나라 씨, 점심? 뭐 먹을지 정했어?"

료코는 살가운 사람이라 우연히 만나도 자연스럽게 어울리게 된다.

"아직. 그래도 감기가 막 나아서, 너무 무겁지 않은 걸 먹을까 생각 중이야."

"그럼, 우동 어때?"

근처에 간사이 풍의 맛있는 우동집이 있다. 에이코도 거기 갈까 생각하고 있었는데. 뜨끈뜨끈한 우동을 먹으면 감기도 뚝 떨어질지 모른다.

우동집의 문을 끌어당기니, 딱 두 사람이 앉을 수 있는 테이블이 하나 비어 있었다. 에이코가 츠키미우동을 시키는 동안, 메뉴를 음미한 료코는 치킨덴뿌라를 올린 차가운 우동을 주문했다. "추운데…", 하며 에이코가 웃자 료코가 "우동은 차가운 게 맛있어." 라고 똑 부러지게 말했다. 그러고 보니 료코는 도쿠시마 출신이다. 가가와까지는 아니지만, 우동에는 취향이 명확할 것이다.

요리를 기다리는 동안, 망설임 없이 물었다.

"사와키 씨, 구즈이 씨 기억해? 구즈이 마도카라는 여자."

부서가 다르니까 기억하지 못할 가능성이 높다고 생각했지만, 료코는 고개를 끄덕였다.

"작은 몸집의 여자애 말이지? 5년 전쯤 있었지."

"6년 전."

"그 애가 어쨌는데?"

"우리 집 근처에서 카페를 하고 있는데 맛있고, 신기한 메뉴도 많아. 그 가게 꽤 인기도 있더라고."

말이라는 게 참 신기하다. 거짓말을 하는 것도 아닌데, 거짓말을 하는 듯한 기분이 들었다. 마치 관심 없는 가게에 대해 설명하듯 말하고 있다.

"아, 그래? 그럼 병간호는 이제 안 해도 되는 상황인가 보네?"

"응?"

료코의 입에서 나온 단어에 에이코는 놀랐다.

"병간호라니?"

"구즈이 씨는, 할머니 병간호를 위해 일을 그만뒀던 것 같은데. 아직 나이도 어린데 불쌍하다고 생각하던 기억이 있어."

"그랬어? 몰랐어."

료코는 기억을 이끌어내듯 먼 곳을 바라다보았다.

"응. 그 나이에 병간호 때문에 회사를 그만두는 것도 흔치 않은 일이고. 달리 그 일을 할 사람이 없었으니까 그녀의 몫이 된 거겠지."

"카페를 하고 싶다고 이야기했던 건 들은 기억이 나는데…"

그때도 바로 카페를 하고 싶다는 이야기는 아니었고, 마도카는 일을 그만두고 카페를 시작하기까지 4년이 걸렸다.

그 사이 할머니의 병간호를 했던 모양이다.

가슴이 찡하게 조여왔다. 병간호로부터 해방된 것이라면, 할머니는 요양시설에 들어갔거나 어쩌면 돌아가신 것일까.

전에 '카페 루즈의 토지와 집을 할머니로부터 상속받았다'고 들은 적이 있다. 그 할머니가 아프셨던 것일까. 아니면 다른 쪽으로 할머니가 계실 가능성도 있다.

한번 간호가 필요했던 사람이 간호가 필요 없어질 만큼 회복하는 경우는 일반적으로 없다. 돌아가실 때까지 돌보는 사람이 필요한 법이다.

—제 가게를 하고 싶어서요.

마도카가 그만두기 직전 에이코에게 그렇게 말한 것은, 조금이라도 긍정적으로 생각하고 싶어서였을까.

그런데 그 당시 에이코는 마도카를 냉정하게 찼다. 그녀의 꿈을 부정했다.

마도카가 언제까지나 그 말을 기억하며 화를 낼 것이라고는 여기지 않지만, 자신이 너무나 싫어졌다.

한번 입 밖으로 뱉은 말은 지울 수가 없다.

카페 루즈를 다시 방문한 것은 종무식이 있던 날이었다.

코막힘은 완전히 낫지 않았지만, 겨우 음식 맛은 알 수 있게 되었다. 컨디션이 안 좋다는 핑계로 귀성도 대청소도 포기하고, 이번 연말연시는 몸을 쉬어 주기로 했다.

카페 루즈는 연말연시와 휴일 없이 영업한다고 했지만, 아무래도 연말에는 카페에서 느긋하게 시간을 보낼 수 있는 사람이 적을 것이다. 손님은 한 팀뿐이었다.

문을 밀어 안으로 들어가니 키친에서 마도카가 얼굴을 내밀었다.

"아, 나라 씨. 어서 오세요."

키친 안쪽에서 달콤한 향이 풍겨 나왔다. 스파이스와 허브 등의 냄새가 섞여 있지 않아도, 먼 나라의 디저트라는 것은 알 수 있었다. 쿠키나 케이크처럼 익숙한 디저트와는 냄새를 구성하는 물질부터 달랐다.

"냄새 좋다. 새로운 거 만들어 보는 거야?"

"후후, 들켰네요."

환한 미소를 보니 분명 만족할 만한 완성도인가 보다.

"시제품이라기보다는, 지인에게 부탁받아서 만들고 있어요.

가게에서도 낼까 싶어서 많이 만들었는데, 드셔 보실래요?"

"우와, 좋아."

그렇게 즉답하고 나서 알았다. 다른 레스토랑이나 카페라면 그게 뭔지도 모르면서 '먹겠다'고 즉답하는 일은 없다.

마도카가 만드는 것은 그저 맛있는 것으로 머물지 않는다.

거기에서 펼쳐지는 흥미로운 세계가 느껴진다. 한번 먹은 후 그다지 취향에 맞지 않아서 다음에는 주문하지 않게 된 디저트가 있긴 하지만, 그럼에도 그 맛을 알게 된 것만으로 세계는 넓어진다. 그래서 무엇인지 알지 못하는데도 먹어보고 싶어진다.

마도카가 가져온 것은 파이 같은 과자였다. 트레이 위에 가득 올려진 것을 나눠서 한 조각을 접시에 올렸다.

한 입에 먹을 수 있을 크기다. 파이 안에 들어있는 것은 호두인가. 에이코는 마도카가 내어준 것을 조심스럽게 입으로 가져다 넣었다.

파이는 시럽에 젖어 있었다. 씹으니 달달한 시럽이 입안 전체로 퍼져갔다. 왜 작은 사이즈로 잘라서 주었는지 바로 알 수 있었다. 달다. 머리가 아플 정도로 달았다.

일본의 은은한 단맛 과자류에 익숙해진 사람으로서는 한 대 맞은 듯한 느낌이 들 정도로 단맛이다. 그러나 호두가 듬뿍 들어있어서 달기만 한 것과는 다른 풍미가 난다.

단언컨대, 일본 디저트에는 절대로 없는 맛이다.

"이거…. 무슨 디저트야?"

"바클라바. 튀르키예나 아랍의 곳곳에서 먹는 파이예요. 너무 달아서 깜짝 놀랐죠?"

"응. 이거는 정말이지 처음 체험하는 맛이야."

동시에 이 과자가 상시 메뉴에 없는 이유도 알 것 같았다. 카페 루즈의 메인 메뉴인 딸기수프와 러시아풍 치즈케이크 등은 일본인에게도 인기가 있는 맛이다. 반면 바클라바는 호불호가 분명히 갈릴 것 같다.

"그래도, 현지인에게는 이게 정말 인기가 있답니다. 튀르키예는 대가족이 많은 까닭도 있지만, 선물로 1킬로쯤 사가지 않으면 금방 없어지죠."

"히야…"

이 작은 조각이라면 에이코도 한 번에 먹을 수 있지만, 여러 개 먹기는 정말 힘들 것 같다.

그러나 화과자 역시 처음 먹는 사람에게는 받아들여지기 힘든 면이 많다. 여러 번 먹어서 익숙하므로 맛있는 것도 알고, 그런 맛은 다른 과자로는 대신할 수 없다는 것도 안다.

"저도 지금은 맛있다고 생각하지만, 처음 먹었을 때는 너무 놀랐어요."

마도카가 큭큭 웃으며 그렇게 말하니까 다소 안심이 되었다.

"동시에 세상은 참으로 넓구나, 하는 깨달음 같은 게 왔어요. 나 자신이 속해 있는 곳은 아주 작고, 그 울타리를 벗어나면 상식이라고 굳게 믿던 것들조차 아무 소용이 없어진다는 걸 이 과자를 접하면서 알게 됐지요. 그래서 저에게는 정말로 소중한 과자랍니다.”

맛의 취향이 다른 것은 기후가 다른 까닭도 있을 것이다.

튀르키예에 가본 적은 없지만, 건조하고 추위도 더위도 심하다고 들은 적이 있다. 그런 나라에서는 이 정도로 강한 임팩트의 단맛이 맛있게 느껴질지도 모른다.

무엇보다 일본 과자의 단맛이 은은하다고 말할 수 있는 것도, 양과자류에 국한된 이야기다. 화과자 중에는 치아가 녹아버리는 게 아닐까 싶을 정도로 단것이 많이 있다. 양갱도 외국 사람이 먹으면 깜짝 놀랄 것이다.

“그러고 보니 계란소면이라고, 그것도 정말 달잖아. 화과자 중에서도 정말 강력한 단맛이 나는 게 있고.”

옛날 후쿠오카 여행 선물로 받았을 때 그 단맛에 소스라치게 놀랐는데, 진한 녹차와 함께 조금씩 먹으니 맛있었다. 또 먹고 싶다고 종종 생각할 정도다.

마도카가 웃으며 고개를 끄덕거렸다.

“그건 원래 포르투갈 과자예요. 카스텔라처럼 포르투갈과 무역할 때 전해졌고, 그때부터 만들어지기 시작한 거예요.”

몰랐다. 그런 식으로 해외에서 영향을 받으며 화과자도 진화해왔는지 모른다. 카스텔라 역시 지금은 꽤 익숙한 일본 음식이 되었지만, 서양에서 영향을 받아 만들어진 것이다.

유일하게 테이블에 있던 두 명의 여자 손님이 나갔다. 가게에는 마도카와 에이코 둘만 남았다.

마도카는 의자를 가져와서 카운터 안에 앉았다. 에이코 컵에 커피를 리필해 준 후, 자신의 컵에도 따랐다.

"저 어릴 적부터 과자 만드는 게 너무 좋아서, 자꾸 만들어서 가족들에게 먹이곤 했어요. 그런데 항상 '너무 달아.'라고 불평을 하더라고요. 지금 생각하면 오빠도 부모님도 단 것을 좋아하지 않았던 것 같아요. 특히 엄마는 건강에 신경을 쓰는 사람이라 설탕 자체를 싫어했고요."

마도카가 이런 개인사를 들려주는 것을 처음 들었다.

"너무 달다는 말을 듣고 레시피보다 설탕을 줄이면, 제대로 부풀지 않거나 이상하게 딱딱해지고…. 과자가 생각보다 섬세한 레시피가 많으니까, 뭔가를 줄이거나 늘리는 것만으로는 잘 되지 않더라고요. 그리고 애써서 완성해도 가족이 만족하는 맛의 과자는 제 맘에 안 들고…. 좋아하던 과자 만들기를 하는 것조차 싫어지려 했어요. 그래도 할머니는 언제나 '맛있다, 맛있다.' 하며 먹어 주셨어요. 외할머니셨는데…."

마도카의 할머니. 료코에게 들은 이야기가 생각났다.

"이 가게, 할머니 집이었다고 말했지?"

마도카가 고개를 끄덕였다.

"맞아요. 그 할머니예요."

관계가 깊은 사람이라면, 간호를 위해 직장을 그만두는 일도 가능할지 모른다.

그러나 마도카가 할머니를 마냥 사랑해서 그런 거라고, 좋게만 생각할 수도 없다. 이야기를 들어보면 마도카에게는 아빠도 엄마도 오빠도 있었다. 그런데 할머니의 간호를 그녀가 맡았다는 말 아닌가.

체력이 가장 좋은 20대. 일에 몰두할 수 있는 시기다. 커리어를 쌓고, 여러 가지 일들을 익히는 시기이고, 연애도 할 것이다. 간호는, 그런 시간을 그녀에게서 빼앗아 가는 일이다.

마도카가 이야기를 이어갔다.

"할머니가 없었다면, 저는 과자 만들기를 계속하지 않았을지도 몰라요. 그리고 할머니가 맛있다고 해줬어도, 제가 만든 과자가 너무 달지 않은지 불안해했을지도 모르고요. 언제나 설탕을 줄이고 단맛을 줄이는 데만 골몰했을 거예요."

"그러다 바클라바를 알게 된 거야?"

마도카가 눈을 크게 뜨면서 고개를 끄덕였다.

"맞아요. 처음 해외여행을 간 곳, 튀르키예에서 알게 됐어요. 깜짝 놀랄 만큼 단데도 모두가 그것을 기쁘게 덥석덥석 먹는 모습이란…. 바클라바와 비교하면 제가 그때까지 너무 달다고 비판받아 온 과자 같은 건, 단 것 축에 들지도 않는구나. 그러면서 다른 모든 것들도 실은 그렇지 않을까 생각했던 거예요. 스스로 당연하다고 믿어왔지만 고통스러웠던 것. 따르지 않으면 안 된다고 여겨온 것들 모두가 실은 당연하지도 않고 아무것도 아니었을지 모른다는…. 용기 있게 뛰쳐나가 버리면, 나를 옭아매던

굴레들이 모두 하찮은 일이 되어버리는 게 아닌가… 싶은."

마도카에게는 이 바클라바가 계기였던 것이다. 거기서부터 새로운 세계가 펼쳐진다는 사실을 깨닫는….

그러니까 마도카는 자신을 속박하던 모든 것들로부터 탈출했다는 의미인가. 지금의 마도카가 속박되어 있다고는 보이지는 않지만, 진정 자유로워졌을까.

마도카는 숨을 내뱉는 듯이 웃었다.

"나라 씨는 언제나 꾸밈없는 사람이잖아요. 저는 함께 일할 때부터 항상 부러웠어요."

"엥?"

생각지도 않은 말을 듣게 되어 당황했다.

"그, 그렇지 않아. 나란 인간은 매사에 이리저리 휩쓸려 다니기만 하는걸…."

일하고, 집에 가고, 혼자 살고. 사람들에게 외롭다는 말을 들을 때마다 그런가 싶은 생각에 혼란스러워지기도 하고.

마도카에게 부러움을 살 만한 인간은 결코 아니다.

"구즈이 씨 쪽이 훨씬 멋있어. 자신의 꿈을 실현하고 있잖아."

마도카가 왜 이 가게를 소중하게 여기는지 그 이유를 알 것 같았다. 여기는 입구인 셈이다. 해외에는 쉽게 갈 수 없을지언정, 세상은 넓다는 사실을 알 수 있는 공간.

마도카가 바클라바의 단맛으로 구출된 것처럼, 무언가로부터 구출된 사람이 또 있을지 모른다.

"한 개 더 먹어도 될까?"

"물론이죠, 물론이죠."

마도카는 에이코의 접시에 바클라바를 한 조각 더 올렸다.

맛을 모르고 먹는 것과 이런 맛이라고 상상하며 먹는 것은 전혀 다르다. 똑같은 음식이라도 이전보다 훨씬 맛있다고 느낄 수 있다. 이 바클라바는 여러 번 먹는 사이 인이 박일 듯한 맛이다.

문이 열린다.

"어서 오세요." 인사하던 마도카의 얼굴이 굳어졌다.

자연스레 에이코도 시선을 문 쪽으로 돌렸다. 거기에 서 있는 것은 30대 중반의 남성이었다.

걸치고 있는 정장도 구두도 고급품이라는 걸 한눈에 알 수 있었다. 키가 크고, 정갈한 얼굴 생김새였다. 그가 또박또박 가게 안으로 들어와 카운터에 앉았고, 마도카는 험한 얼굴이었다.

그가 마도카를 빤히 보며 입을 열었다.

"이 가게는 손님에게 물도 내주지 않나?"

"손님이라면 내지만, 장사의 적에게는 내지 않습니다."

심하다 싶을 만치 차가운 목소리로 마도카가 대꾸했다.

"장사의 적이라니. 소꿉장난 같은 초라한 가게 하나 차려놓고, 건방지게…"

놀랐다. 그렇다면 이 남자가 바로 브와야지의 신조란 말인가.

"딱히 네가 고안한 레시피도 아니잖아. 인터넷으로 검색하면 레시피니 뭐니 주르르 나오는 것들이잖아."

그가 말했다.

그러나 그 메뉴를 선택한 것은 마도카다. 세계에 널리 퍼져 있는 수많은 과자들 중에서, 마도카가 고르고 골라 조합한 메뉴란 말이다.

마도카가 그를 노려보았다.

"그래서, 무슨 용건이라도?"

"너를 고소할 거야."

온화하지 않은 말이 그의 입에서 나오는 바람에 에이코는 다시 한번 놀랐다. 자신이 여기에 있어도 되는지 모르지만, 지금 돌아가는 건 도망치는 듯해서 싫었다. 돌아가는 게 낫다면 마도카가 그렇게 부탁했겠지.

마도카는 그 말에도 놀라지 않는 것 같았다. 다만 어이없다는 듯 한숨을 쉬었다.

"또요? 할머니 유언장의 정당성은 이미 결론이 난 거잖아요. 당신도 받을 건 다 받았잖아요?"

"나는 받아들일 수가 없어. 할머니를 홀려서 네 뜻대로 유언장을 쓰게 한 거잖아."

그는 밉살스럽게 계속했다.

"하지만 이번에 따져 물을 건 유언장뿐만이 아니야. 할머니가 돌아가신 건 네 책임이라고. 민사소송으로 배상금 청구할 거야. 부친이나 모친과도 이미 이야기가 끝났어."

잠시 심각하던 마도카가 슬픈 얼굴을 했다. 그러나 금세 표정을 다잡았다.

"알겠어요. 그럼 다음부터는 이렇게 찾아오지 말고 변호사를 통해서 이야기하시죠."

그는 일어나더니 가게를 나갔다.

마도카는 후유, 숨을 길게 내쉬었다.

"죄송해요. 나라 씨에게 몹쓸 꼴만 보이고…."

"나는 전혀 상관없는데…. 그 할머니는 구즈이 씨가 병간호를 하고 있었잖아."

마도카는 눈을 크게 떴다.

"어떻게 그걸…."

"미안. 회사에서 구즈이 씨가 할머니 간호를 위해 그만뒀다고 들어서…."

마도카가 작게 고개를 끄덕였다.

"맞아요. 그런데 제가 할머니 간호를 전직으로 한 것은 일년 반 정도예요. 그 후에는 일일 간병인이나 요양서비스 회사 등도 적극적으로 활용했고, 그렇게 부담이 되지는 않았어요. 가족들은 그게 용서가 안 된다고 했지만요."

조금 거칠게 커피잔과 접시를 정리하면서 마도카가 중얼거렸다.

"있잖아요, 방관하던 사람들이 왜 자신에게는 전혀 책임이 없다고 말하는 것일까요?"

"응?"

"자신이 상관하지 않았다고, 책임을 느끼지 않아도 되는 건 아니잖아요. 고생해서 도움을 주고 최선을 다한 사람만 책임을 추궁받는다면, 누구도 도움을 주려고 하지 않을 거예요."

"할머니 이야기?"

마도카는 대답하지 않았지만, 부정도 하지 않았다.

할머니의 죽음이라면 마도카 자신이 상처받지 않았을 리가 없다. 무신경하게 질문을 이어갈 수 없었다.

한참 침묵하던 마도카가 겨우 얼굴을 들어 미소지었다.

"안 좋은 기분이 되게 해서 정말 미안합니다."

"아니야. 나는 전혀 그렇지 않아."

"커리라도 드시겠습니까? 오늘은 사람도 없어서, 남을 것 같으니 제가 드릴게요. 먹고 가시지 않을래요?"

"그러면 안 되지. 지불할 거야."

시간을 보니 밤 8시를 지나고 있었다. 식사를 못 하고 넘길 뻔했다. 에이코는 조심스레 물었다.

"방금 그 사람, 혹시 브와야지의…."

"네, 오너예요."

마도카는 숨을 내쉰 후 에이코를 바라다보았다.

"그리고, 제 오빠예요."

마지막 이야기

_____ 아로스 콘 레체

"저는 할머니의 양녀가 됐어요. 할머니의 사랑을 많이 받았고, 할머니가 저를 많이 신경 써주셨어요. 할머니는 '친한 점쟁이가 마도카를 양녀로 받으라고 했다'고 말하며, 수속을 밟으셨어요. 부모님도 오빠도, 그게 어떤 의미인지 깊이 생각하지 않았던 것 같아요. 뭐, 얕봤던 거죠. 할머니도, 저도."

마도카는 냉랭한 말투로 이야기했다.

마도카가 무엇을 말하려 하는지 알았다. 양녀로 적을 올리면 상속에서 유리한 위치에 선다. 만약 할머니에게 마도카의 엄마밖에 자식이 없다면, 유산의 절반은 마도카의 것이 된다.

"오빠는 교묘하게 속여서, 제가 상속을 포기하도록 유도하려 했어요. 저는 어릴 때부터 얌전한 편이었으니까, 자기 의도대로 따라줄 거라고 예상한 듯해요."

도쿄 23구 내에 있는 토지. 게다가 여기뿐만 아니라 원래는 훨씬 넓었다고 했다. 결코 적다고 할 수 없는 규모였다.

마도카가 후후, 웃었다.

"만약 상속을 포기시키지 못해도, 자기들이 얻지 못하는 것은 절반에 불과하리라고 생각했던 것 같아요."

그 말에 에이코는 놀랐다.

"유언장에는 전 재산을 저에게 상속한다고 쓰여 있었어요. 즉, 엄마가 요구할 수 있는 것은 이 토지의 4분의 1뿐이었죠. 그런 상황은 미처 예상치 못한 거지요. 게다가 할머니는 저축 대부분을 양로보험으로 보험회사에 맡기고 계셨어요. 그리고 당신이 사망했을 경우 수령인을 저로 지정해 두셨더라고요."

생명보험과 같은 것이었기 때문에, 보험으로서 수령한 부분은 유산상속이 아니다. 즉 다른 상속인이 있어도 마도카가 전액 수령하게 된다.

"그건 정말이지 예상 밖이었나 봐요."

"그래도, 구즈이 씨가 할머니를 간호하고 있었던 거잖아?"

그 때문에 직장까지 그만두었다면, 유산상속으로 대우받아도 하등 이상할 게 없다. 그것이 돌아가신 분의 유지라면 더더욱 존중받아야 마땅하다.

"그런데 부모님도 오빠도, 제가 할머니를 속여서 유언장을 만들고, 보험을 들게 했다고 생각하는 것 같아요. 민사재판으로 유언장의 무효 소송을 내고…"

에이코는 가족과 그런 싸움을 한 적이 없지만, 스트레스가 쌓이리라는 건 어렵지 않게 상상할 수 있다.

마도카가 쓸쓸한 표정으로 웃었다.

"어쩌면 이것이 할머니가 바라던 것이었나."

에이코가 무슨 말을 하려 하는데, 문 열리는 소리가 들리고 손님이 들어왔다. 마도카는 곧바로 영업용 미소를 되찾았다.

가게를 나와서도 마도카의 말이 계속 마음에 걸렸다.

—어쩌면 이것이 할머니가 바라던 것이었나.

가족 간 싸움이 할머니가 바란 일이었다는 말일까. 그러나 마도카는 할머니에게 귀여움을 받았고, 그녀 역시 할머니를 돌봐드리려 애썼다. 그게 거짓이라면 거의 모든 유산을 마도카의 몫으로 지정하지 않았을 것이다.

다만 그것이 싸움을 일으킨 것은 사실이다.

한숨이 절로 나왔다.

에이코는 부모님과 거리를 두고 살지만, 싸움은 하지 않는다. 거리를 두고 가끔 만나면 싸움도 일어나지 않는다. 일년 중 고작 며칠만 만나므로 싫은 소리를 들어도 흘려보내면 될 일이다.

이런 식으로 거리를 두면서 어느 쪽이 죽을 때까지 시간을 보내는 게 맞을까, 가끔 생각한다. 그렇다고 진심을 다해 대하다 보면, 한쪽이 상처를 받고 균열을 피할 수 없게 된다. 따라서 에이코는 그냥 지나 보내는 방법을 택했다.

그리고 마도카에게는 싸우는 쪽을 선택한 이유가 분명 있을 것이다.

가볍게 방을 청소한 뒤 '감기에 걸려서 올해는 못 갈 것 같다'고 본가에 연락했다. 아직 어린 조카에게 옮길까 봐 걱정스럽다고 말하니, 엄마는 무리해서 에이코를 부르려고 하지 않았다.

그것도 조금 슬픈 듯한 기분이 드는 것은, 어리광일까.

대청소든 뭐든 다 때려치운 채 늘어지게 자고, 책을 읽고, 보고 싶던 영화 DVD를 몰아 보는 건, 휴일을 훌륭하게 보내는 또 다른 방식이다.

신년 휴일 사흘이 끝나갈 무렵에는 체력도 회복했고 기분도 상승곡선이다. 열정적으로 외출하는 것도 스트레스 해소에 도움이 되지만, 집에서 푹 쉬는 것도 중요하다는 걸 절감했다.

카페 루즈로 향한 것은 회사 출근 전날이었다. 마도카가 만든 토마토소스 파스타가 먹고 싶어서였지만, 가게 앞까지 온 에이코의 마음이 바뀌었다.

카운터 자리에 미야사토 토마가 앉아 있었다.

마도카는 주방에 있는지 모습이 보이지 않았다. 다만 에이코는 미야사토와 이야기하고 싶은 기분이 아니었다. 그가 마도카에게 작업을 거는 중이라면, 카운터에 나란히 앉아서 어떤 얼굴을 해야 할지 난감했다.

다른 가게에는 가고 싶지 않은데, 마트에서 장이나 봐서 음식을 만들어 먹어야겠다. 그렇게 생각하고 걸어가는데 갑자기 누군가 어깨를 쳤다. 뒤돌아보니 토마가 있었다.

"나라 씨, 나 보고 도망갔죠. 차갑네."

"당신이 작업 걸고 있는 거라면, 방해하고 싶지 않아서."

"구즈이 씨는 지금 일하고 있으니, 그런 거 안 해요. 나라 씨 말 듣고 반성했다니까요."

그는 무슨 생각을 하는지 에이코와 나란히 걸었다.

"무슨 용건이라도?"

"변함없이 차갑네요. 나라 씨도, 구즈이 씨도."

마도카에게도 냉랭한 대접을 받은 모양이었다.

"알고 계셨어요? 구즈이 씨와 신조 씨가 성은 다른데, 실은 남매 간이래요."

"응, 알고 있어요. 구즈이 씨에게 들었어."

그가 어깨를 움츠리며 웃었다.

"사이가 좋다니까, 여자들은."

토마가 브와야지 여직원들에게 인기 있던 이유를 알 것 같다.

거칠게 대해도 신경 쓰지 않고, 그렇다고 굴하지도 않는다. 그러는 사이 미끄러지듯 품으로 들어와 버리는 유형. 실제로 잘 모르는 남자가 멋대로 따라붙는다면 불쾌할 터인데, 에이코도 자연스럽게 받아들이고 있었다.

"할머니에 대해서, 구즈이 씨는 뭐라고 말했어요?"

에이코는 한숨을 쉬었다.

"억지로 말하게 하고 싶은 생각은 없으니까, 무슨 일이 있었는지 물어보지 않았어. 그래도 신조 씨는 구즈이 씨의 과실로 할머니가 돌아가셨다고 생각하고 있는 것 같던데…”

“네. 한밤중에 심근경색을 일으켜서 돌아가셨대요. 신조 씨는 그 할머니 집에서 연락이 온 게 다음날 낮이었다고 했고요. 신조 씨는 구즈이 씨가 낮까지 자느라 몰랐다고 말하고 있고요. 어쩌면 손쓸 수 없을 때까지 일부러 방치한 건 아닌지 의심하면서. 한밤중에라도 알아차리고 병원에 연락했으면 살릴 수 있었을지 모른다고.”

“즉, 자연사였네.”

그렇지 않았다면 신조는 더욱 가혹한 표현을 썼을 것이다. 경찰도 마도카를 더 엄중하게 취조했을 테고. 그녀에게는 유산과 보험금이라는 동기가 있다.

조사 결과 의심 가는 점이 없었기 때문에, 그녀는 무사히 보험금을 수령했고, 유언장대로 유산도 받게 되었다.

바보 같다. 마도카의 말이 떠올랐다.

—방관하던 사람들이 왜 자신에게는 전혀 책임이 없다고 말하는 것일까요?

그렇다. 간호에 전혀 관여하지 않았다면, 이런 사고가 일어나도 과실을 추궁당할 일은 없다. 마도카가 할머니를 간호하고 있었기 때문에, 책임 추궁을 당하고 있다.

그래서 마도카는 화가 난 것이다. 오빠와 부모님의 소송에.

“그래도, 보통은 자책하지 않나요? 만약 자신의 실수로 자기를 귀여워해 주던 할머니가 돌아가셨다면… 신조 씨가 화난 데에는 그 부분도 있더라고요. 가족에게 사과조차 하지 않고 태연하게 있었다고."

"너는 어느 편이야?"

에이코가 목소리를 높이자 토마가 히죽 웃었다.

"물론 구즈이 씨 편이지요. 그렇지 않으면 나라 씨와 이런 대화를 할 필요조차 없지 않습니까?"

토마의 말이 맞는지도 모른다. 간호에 관여하지 않았던 가족에게까지 굳이 사과할 필요는 없지만, 죄책감을 느끼지 않기는 힘들다.

"그러니까, 나는 어쩌면 구즈이 씨가 정말로 방치했을지도 모른다고 생각하는 거죠."

"야아…!"

에이코가 소리를 지르며 째려보니 그는 '항복'한다는 듯 양손을 들었다.

"그래도 할머니가 돌아가시지 않았다면, 구즈이 씨는 더 오랫동안 간병을 계속해야만 했겠죠."

"구즈이 씨는 요양서비스 회사와 일일 간병인도 이용해서 부담이 크지는 않았다고 했어. 쓸데없는 소리 할 거면 그만해. 구즈이 씨한테 다 이를 테니까."

"그건 안 돼요."

정말 어처구니없는 남자다.

"어쨌든 나는 구즈이 씨가 일부러 방치했다고 생각하지 않고, 그런 이야기 자체도 불쾌해. 그러니까 더는 하지 말아줘."

"네, 네. 그때 대충 들은 이야기 중에 정확하지 않은 내용이 있어서 말끔하게 정리하고 싶었던 것뿐이에요."

정신 차리니 역 근처까지 걸어와 버렸다. 토마는 에이코를 추월해서 역을 향해 걸어가기 시작했다. 에이코는 발걸음을 멈추었다. 역으로 갈 이유는 없었다.

에이코가 따라오지 않는 걸 눈치챈 토마가 뒤를 돌아보았다.

"나는 이제 명확하게 이해했지만, 신조 씨는 소송을 시작하려는 것 같아요."

"이길 수 있을까?"

"글쎄, 상대를 괴롭힐 수 있다면, 그것만으로도 목적 달성일지 모르죠."

이해할 수가 없었다. 이해하고 싶지도 않았다.

"나는 구즈이 씨가 바라면 언제라도 아군이 될 거예요."

토마가 그렇게 말하더니 다시 역으로 걸어갔다.

며칠 후, 카페 루즈 앞을 지나는데 간판이 밖으로 나와 있지 않았다.

1월은 쉬지 않고 영업한다고 했는데, 하루도 쉬지 않고서는 체력적으로도 힘들겠지. 오늘은 쉬는 날인가 보다. 그렇게 생각하고 가게 안을 들여다보니 마도카가 카운터에 서 있었다. 그녀가 에이코를 알아차리고 들어오라고 손짓했다.

가게 문은 잠겨있지 않았다.

카운터에 신조 하루카가 있었다. 그녀가 방긋 웃으며 인사했다. 다른 손님은 없다. 간판을 내놓지 않아서 지나던 사람들도 휴무라고 생각했을 것이다.

"휴무인 줄 알았어."

"사이트와 SNS에는 휴무라고 알렸는데, 너무 소극적이죠?"

마도카는 종종 가게에서 메뉴 시제품을 만든다. 오늘도 그런 날일까. 혼자 생각하며 하루카의 옆자리에 앉았다. 마도카는 커피잔을 에이코 앞에 두면서 말했다.

"집은, 2LDK(방 두 개, 거실, 부엌)를 세 명이서 셰어하고 있어서 그렇게 편하지는 않아요. 부엌도 좁고. 가게에 있는 게 더 편하거든요."

2LDK에 세 명이라면 누군가는 거실에서 자는 건가? 종종 여행을 떠나 집에 있는 시간이 짧은 마도카가 거실에서 생활하는 건가. 그러나 마도카는 이 토지뿐만 아니라 보험금을 할머니로부터 받았을 텐데. 불편함을 감내하며 집을 공유하지 않아도 되지 않을까.

그렇게 추측하다가 깨달았다.

마도카에게 이 가게는 그야말로 지켜야 할 성이자 가장 소중한 존재인지도 모른다. 에이코에게 아파트와도 같은…. 그래서 집은 잠만 잘 수 있는 공간으로 충분하다고 생각하는 건 아닐까.

주방에서 달달한 우유 냄새가 풍겨 나왔다. 흐릿하게 시나몬 냄새도 섞여 있다. 에이코는 코를 씰룩거렸다.

"좋은 냄새네. 새로운 메뉴?"

카페 루즈의 디저트는 대부분 맛을 봤는데, 이건 처음 맡는 냄새다.

"아니요, 좀 다릅니다. 이 디저트는 호불호가 있어서 보통 가게에서는 내지 않아요."

그러고 보니, 얼마 전 바클라바에 대해서도 마도카는 같은 말을 했다. 갑자기 흥미가 생겼다.

"저와 하루카는 좋아해요. 나라 씨도 한번 맛보시겠어요?"

"응, 부탁해."

나온 것은 우유를 굳혀서 식힌 듯한 디저트였다. 작고 하얀 용기에 우유색 탱글탱글한 무스 같은 것이 들어있고, 그 위로 시나몬이 살짝 뿌려져 있었다.

외형도 냄새도, 기호를 탈 것 같지는 않았다. 우유의 좋은 냄새가 난다. 호기심을 참으며 용기에 스푼을 넣었다. 부드러운 저항감이 있었다. 스푼으로 떠 올리고 나서야 그것이 무엇인지 겨우 알았다.

"쌀?"

"맞아요. 아로스 콘 레체라는 이름의 스페인 디저트예요. 영어로는 라이스 푸딩입니다."

하루카가 덧붙였다.

"프랑스에서는 리 오레라고 합니다."

카페오레가 커피에 우유를 넣은 것이니, '리 오레'는 쌀에 우유를 넣었다는 의미겠지. 심플하군.

"그러니까 아로스는 쌀이고, 레체가 우유?"

"예스."

쌀이라고 듣고 나자 살짝 머뭇거려졌다. 쌀과 우유는 어울릴 것 같지 않았다. 리조토 같은 종류라면 또 모르지만, 디저트라…, 많이 달겠지.

마도카가 에이코의 손이 멈칫하는 것을 알아챘다.

"내키지 않으면 무리하지 마세요. 아무래도 안 맞는 사람, 일본인 중에 많으니까요."

하루카가 커피잔을 잡아 들며 말했다.

"신기하네. 익숙해진다는 것, 저도 처음에는 주저했어요."

마도카는 카운터 안 스툴에 앉았다.

"그래도 유럽뿐만 아니라, 이슬람권에도 이와 비슷한 디저트가 있죠. 스페인에서 남미 쪽으로 전해진 모양이고요."

"오오~."

"지금 방을 셰어하는 친구들 중에 브라질에서 온 유학생이 있는데요. 그녀는 이걸 너무 좋아하는데, 일본의 팥은 못 먹겠다고 했어요. 콩이 달아서 너무나 위화감이 느껴진다나요."

분명 브라질 요리에는 고기와 콩을 넣어서 끓인 것들이 종종 나온다. 에이코가 지금 쌀로 만든 디저트에서 느끼는 당혹스러움과 브라질 친구가 달달한 콩 요리에서 느끼는 거부감은 비슷할지도 모른다.

하루카는 턱을 받치며 이야기를 이어갔다.

"뭔가에 익숙해지는 만큼, 다른 방식에는 거부감을 느끼게 되는 거 같아."

"나는 라트비아에서 먹었던, 연어 알이 올려진 팬케이크가 안 먹히더라고요. 어찌해도 흰 쌀밥이 생각나서…. 캐비어라면 팬케이크에 올려도 괜찮은데."

팬케이크에 연어 알이라. 일본인의 감성으로는 절대로 떠오르지 않는 조합이다. 캐비어라면 평소에 먹을 일이 없으니까, 별로 거부반응이 없는지도 모른다.

그런 이야기를 하고 있자니, 선입견이라는 것도 생각만큼 단단한 게 아닐지 모른다는 생각이 들었다.

에이코는 아로스 콘 레체를 입으로 가져갔다. 익숙한 쌀 맛이 날 것이라고 예상했으나 흔히 먹던 쌀과는 식감부터 달랐다. 우유로 한없이 부드럽게 끓여진 맛이었다.

쌀 디저트라는 편견을 뛰어넘으니 부드러운 단맛에 기분이 좋아졌다. 생각해 보면 오메기떡도 단것에 둘러싸인 쌀이다.

"어때요?"

마도카뿐만 아니라 하루카도 걱정스러운 얼굴로 에이코를 보고 있었다. 자신이 좋아하는 음식이 어떤 평가를 받을지 신경 쓰이는 마음이리라.

"맛있어. 첫입에는 살짝 놀랐는데, 부드러운 단맛이 참 좋아."

몇 번 먹다 보니, 당혹스러움은 완전히 사라져 버렸다.

"이거라면 집에서도 만들 수 있을까?"

"네, 간단해요. 레시피 알려드릴 테니, 꼭 해보세요."

언젠가 세라두라 만드는 법도 알려줬지만, 카페 루즈에 오면 먹을 수 있다고 생각하니까 직접 만들 마음이 안 생겼다. 하지만 아로스 콘 레체는 카페 루즈 메뉴에 없을 테고, 무엇보다 집에 있는 재료로 만들 수 있을 것 같았다.

마도카가 조금 쓸쓸한 표정으로 말했다.

"할머니가 좋아하셨어요, 이 디저트."

"할머니?"

"네, 외할머니요. 신기한 걸 좋아하셨고, 화과자보다 양과자를 즐기셨어요. 그런데 위가 약해지신 후에는 생크림과 버터를 사용한 걸 잘 못 드셨거든요…. 그때 이걸 만들어 드렸더니 너무 좋아하셨어요. 다른 가족들은 아무도 먹지 않았지만…"

하루카가 카운터로 몸을 내밀더니 말했다.

"나는 좋아해."

"하루카는 그랬지."

만약 마도카가 일부러 할머니를 방치해서 손쓸 수 없는 상태로 몰아갔다면, 할머니가 좋아하던 디저트를 굳이 만들까.

같은 집에 살고 있더라도, 밤사이 가족에게 이변이 생기는 걸 모를 수 있지 않을까. 잠들어 있는 시간에 몇 번이나 반복해서 상태를 보러 가지는 않을 테니 말이다.

갑자기 하루카가 에이코에게 말을 걸었다.

"나라 씨, 혹시 이 부근에 백엔숍이 있는지 알아요?"

"백엔숍?"

갑작스러운 질문에 질문으로 되받아버렸다.

마도카가 상세히 설명을 했다.

"저는 이 근처에서 쇼핑을 해 본 적이 거의 없어서요… 가게를 여는 시간에는 집에 가지 않으니까요. 나라 씨라면 이 근처에 살고 있으니까 잘 알지 않을까 해서…"

"응. 알고 있죠."

역 반대쪽에 있지만, 말로 설명하기가 힘들었다.

"안내해 줄게요. 마침 나도 살 게 있으니, 같이 가야겠네."

"우와, 정말요? 감사해요."

하루카와 함께 자리를 떴다. 아로스 콘 레체를 계산하려고 했지만 마도카는 거절했다.

에이코는 애써 커피값만이라도 건넸다.

"오늘은 영업하려던 게 아니었으니까 정말로 괜찮은데."

"여기가 없어지면 내가 곤란하니까."

하루카와 함께 가게를 나왔다.

1월의 저녁은 그야말로 꽁꽁 얼어붙을 만큼 추웠다. 에이코는 서둘러 코트 앞섶을 여몄다. 옆의 하루카는 얇은 코트 한 장인데도 아무렇지 않은 듯했다.

"역시 벨기에는 추운가요?"

"추위보다 이 계절엔 일조시간이 짧으니까, 그게 힘들어요. 아침은 10시쯤에나 겨우 밝아지고, 오후 4시만 되어도 벌써 깜깜해지고. 낮시간도 보통은 우중충하고…. 실내는 따뜻한 데다 추위에도 익숙해졌지만, 어두운 건 아무래도 익숙하지 않아서. 이 계절은 일본에 오면 안심이 되거든요."

일본에서도 겨울의 일조시간은 짧아지지만, 벨기에만큼은 아니다. 직접 살아 보지 않으면 모르는 것들이 많겠지.

"그럼, 벨기에에는 오래 살았나요?"

화제를 찾던 에이코가 그렇게 질문했다. '어디에 살고 있나요?'라고 물을까도 생각했지만, 브뤼셀 정도밖에 아는 도시가 없다. 다른 역사 지식도 없고.

"그렇지는 않아요. 마도카가 가게를 시작할 무렵부터, 거의 비슷한 것 같아요. 슬슬 3년이 되어가네요. 환경을 바꾸고 싶어서 지인의 일을 도우러 유럽으로 갔는데, 불만을 토로하면서도 신기하게 익숙해지더라고요."

불만을 토로하면서도 익숙해진다는 말, 이해가 될 듯하다.

하루카가 갑자기 한숨을 쉬었다.

"나는 며칠 후면 돌아가는데…, 마도카를 잘 부탁해요. 지금 마도카는 가족과 완전히 인연을 끊고 있어서, 정신적으로 기댈 사람이 거의 없을 거예요."

하루카의 성은 신조였다. 친척이나 일가에 가까울 가능성이 높다. 마도카의 사정을 잘 알고 있을지도 몰랐다.

"구즈이 씨와는 친척인가요?"

에이코의 질문에 하루카는 고개를 가로저었다.

"정확히 말하면, 전前 가족이에요."

"전?"

가족이 가족이 아니게 되는 일이 있나? 예를 들어 결혼해서 성이 바뀌어도 가족은 어디까지나 가족이다.

의구심 가득한 에이코의 표정이 신기했을 것이다. 하루카가 씨익, 웃었다.

"저, 마도카의 오빠와 결혼했었어요."

과거형으로 말하는 건 이미 이혼했다는 의미고, 그렇다면 지금은 가족이 아닌 셈이다. 신조라는 성도, 이혼 후에 옛 성으로 돌리지 않은 까닭이라면 이해가 된다.

친구들도 결혼하면 성이 바뀌는 것의 불편함을 자주 이야기했었다. 은행 계좌, 여권, 운전면허증 등 공적 서류는 모두 변경해야만 하고, 혹여 이혼했을 경우 친하지 않은 사람들에게까지 자신이 이혼했다고 알리면서 일일히 서류를 변경해야 한다. 그것이 불편하고 불쾌해서 이혼 후에도 전 남편 성을 그대로 쓰는 사람이 있다고 들었다.

"그 집에서는 인간의 서열이 처음부터 정해져 있는 것 같았어요. 아버지와 장남이 가장 위, 그다음이 어머니, 딸과 며느리가 가장 아래. 그런 된장국 찌꺼기 같은 동지끼리 친해져서 각자 그 집에서 탈출하는 데 성공한 거죠."

성공한 것일까. 하루카는 둘째치고라도 마도카는 아직 오빠에게서 완전히 도망치지 못했다.

하루카가 복잡한 표정을 짓는 에이코의 얼굴을 찬찬히 보며 물었다.

"왜 그러세요?"

"구즈이 씨의 오빠는, 그녀에게 소송을 걸겠다고…."

하루카의 눈이 커졌다. 아무래도 모르고 있는 모양이었다.

"유언장 건은 이미 결론이 났는데…"

"그거 말고, 할머니가 돌아가신 이유를 문제 삼는 것 같아요. 구즈이 씨가 할머니를 방치해서 돌아가셨다고, 만약 한밤중에라도 구급차를 불러서 병원으로 갔더라면 살아나실 수 있었을 거라고…."

하루카는 작은 입을 벌린 채로 굳어버렸다. 걸음도 멈췄다.

에이코도 함께 걸음을 멈췄다.

"몰랐어요. 알려줘서 감사해요."

"말해도 되는지 어떤지 몰라서…."

"아니에요. 알려주셔서 정말로 다행이에요. 마도카는 아마도 제가 걱정할까 봐 일부러 말하지 않았던 것 같아요."

하루카가 한참 생각하더니 입을 열었다.

"민폐가 아니라면 제게 나라 씨 연락처 알려주실 수 있을까요? 마도카를 위해서 부탁드리고 싶은 게 있습니다."

에이코는 고개를 끄덕였다. 마도카가 어떻게 생각할지 모르지만, 마도카와 이야기를 하는 것은 에이코에게는 소중한 시간이 되었다. 가게의 오너와 손님이니까, 쉽게 친구라고 말해도 되는지 어떤지 모르지만, 그녀에게 힘이 되고 싶었다.

백엔숍 앞에서 에이코와 하루카는 헤어졌다.

그녀를 배웅하고, 에이코는 걷기 시작했다.

마도카가 전에 혼잣말로 중얼거리던 것이 생각났다.

—어쩌면 이것이 할머니가 바라던 것이었나?

그 말은, 도움이 되지 않는 가족과 완전히 인연을 끊는 것을 의미하는지도 모른다. 마도카에게 유산을 남기면, 그녀와 가족 간 인연은 끊기지만 대신 그녀는 자립할 수 있게 된다. 만약 그녀가 연이 끊기는 걸 원치 않았다면, 오빠 의도대로 자기 몫의 유산을 포기하는 방법도 있었다.

마도카는 그렇게 하지 않았다. 그리고 지금도 싸우고 있다.

며칠 후, 에이코는 폐점 시간 다 돼서 카페 루즈를 찾았다.

비가 온 탓인지 손님들은 이미 다 돌아간 후였다. 마감을 하던 마도카가 놀란 얼굴로 에이코를 바라다보았다.

"화이트와인 알름두들러 섞어서, 주문할 수 있을까? 한 잔만 마시고 가려고."

"괜찮아요. 잠시 후에 주문 마감이지만, 저는 내일 준비를 할 거라서 천천히 드시면 돼요."

개점 시간은 11시 반부터지만 마도카는 깨어있는 시간 내내 이 가게에 머무는 셈이다.

일부러 카운터가 아닌 창가 쪽 자리에 앉아서 책을 펼쳤다. 마도카가 라임이 든 물과 화이트와인과 알름두들러 희석주를 가져다주었다.

가게 앞 계단을 한 남자가 올라오고 있었다. 검은 우산을 들고 있다. 마도카의 얼굴이 순식간에 굳었다.

문이 열리는 동시에 마도카가 말했다.

"무슨 용건이에요? 이야기라면 변호사 통해서 하세요."

난폭하게 우산을 우산꽂이에 던져넣더니, 신조가 대꾸했다.

"나는 뭐 오고 싶어서 여기까지 온 줄 알아? 하루카에게 불려 나온 거야."

"하루카가? 그녀는 이미 벨기에로 돌아간 거…"

"오늘 밤, 여기로 오라고 전화가 왔었다."

택시가 가게 앞에 멈추는 게 보였다. 택시에서 내린 것은 하루카였다. 창가에 있던 에이코를 보더니 그녀가 손을 흔들었다. 에이코도 손을 들어 인사했다.

하루카에게 불려 나간 것은, 신조만이 아니었다. 에이코도 시간에 맞추어 카페 루즈로 왔다. 하루카가 두려워한 것은 신조가 심한 말로 마도카를 괴롭히지나 않을까 하는 것이었다. 그래도 보는 눈이 있으면 신조도 얼마간 자제력을 발휘할 것이다. 행여 불상사가 생길 경우 증언도 가능해진다.

하루카가 문을 열고 카페 루즈 안으로 들어왔다.

"이미 돌아간 거 아니었어?"

"비행기 표를 변경했어. 다음에 또 언제 일본에 올지 모르니까, 제대로 이야기를 정리하고 가고 싶었어."

하루카는 카운터 가까운 곳의 테이블 자리에 앉았다. 신조는 이해가 안 된다는 표정으로 계속 서 있었다.

"아쓰시, 마도카에게 민사소송을 하는 중이라고 하던데."

"그래. 자기한테 보험금이 들어온다는 사실을 미리 알고서 할머니를 방치했으니까."

마도카는 애써 반론하려 들지 않았다. 포기한 듯한 얼굴로 테이블만 닦았다.

하루카가 후유, 하며 긴 한숨을 쉬었다.

"그 날, 당신이 뭘 했는지 기억해?"

"내가? 나는 아무 상관도 없잖아. 할머니와 함께 살면서 간호한 건 마도카니까."

하루카가 입꼬리를 꽉 물었다. 신조 아쓰시는 자신의 말이 얼마나 모순인지 모르는 듯했다. 마도카가 겨우 입을 열었다.

"하루카, 이제 괜찮아. 나도 나빴어."

"괜찮지 않아. 마도카도 나쁘지 않았고. 그리고 나 자신도 나쁘다고 생각하지 않아."

아쓰시는 당황한 얼굴이 되었다. 하루카가 이야기를 이어갔다.

"그 날 할머니 집에 있었던 것은 마도카가 아니야. 마도카는 집에 없었다고. 내가 마도카에게 부탁을 받고, 하룻밤 할머니 집에 머물렀단 말이야. 마도카에게 일이 생기거나, 일일 간병인을 구할 수 없으면 내가 도와주고 있었던 건 잘 알지?"

하루카는 이야기를 계속했다.

"아침에 눈을 뜨니, 할머니는 이미 차가워져 있었어. 주무시기 전에도 별다른 느낌이 없었는데… 그때 내가 너무 무섭고 혼란스러워서 마도카에게 연락했어. 집으로 돌아온 마도카가, 그 날 할머니와 함께 있던 사람은 자신이라고 말하겠다고 했어."

그래서 병원에 연락한 게 오후가 되어버린 것이다.

"왜 거짓말을 했어!"

아쓰시가 목소리를 높였다. 마도카가 대답했다.

"왜인지 아직도 모르겠어?"

에이코는 알 것 같았다. 평소 간병 같은 거 신경도 쓰지 않던 그였지만, 혈연관계가 없는 아내가 돌보던 밤에 외할머니가 돌아가셨다면 어떤 식으로든 아내에게 책임을 물어올 게 뻔했다. 가부장적인 집에서 그런 일이 벌어졌다면 더더욱. 하루카는 미간을 좁히며 계속했다.

"나도 무서웠어. 당신이나 어머니가 어떻게 책임을 물어올지 생각하니 머리가 하얘졌다고. 그래도 이제는 진실을 말할 수 있어. 그 날 할머니 집에 있었던 것은 마도카가 아니고 나라고. 마도카의 변호사에게도 다 말하고 왔어. 할머니 집에서 마도카에게 연락을 했으니까, 통화 기록도 남아 있을 거야."

마도카에게는 보험금을 탈 목적으로 할머니가 죽도록 방치했다는 문제를 제기할 수 있지만, 하루카라면 그 동기는 성립하지 않는다. 게다가 평소 간호를 하지도 않던 사람이 할머니를 의도적으로 죽게 놔둘 이유도 없었다.

"마도카는 뭘 하고 있었던 거야!"

마도카는 조용히 어깨를 좁혔다.

"고교 시절 친구와 온천에 갔었어."

"아픈 할머니를 방치하고?"

방치 같은 건 하지 않았다. 마도카는 하루카에게 할머니 간병을 부탁했다.

하루카가 웃었다.

"그 날, 내가 왜 마도카의 부탁을 들어줬는지 알아? 그 무렵에는 나와 당신이 아직 함께 살고 있었는데…."

아쓰시가 입을 우물거렸다.

"당신도 그 날 직장동료들하고 온천에 갔어. 마도카와 당신은 같은 일을 한 거지."

"나는 업무 관련으로…."

"당신과 당신 가족은 여전히 당신들 방식대로 변명하면서, 마도카만 나쁘다고 몰아붙일지 몰라. 그런데 관계없는 사람들이 보면 어떻게 생각할까?"

온천에 갔던 오빠가, 똑같이 온천에 간 동생에게 할머니의 죽음에 관해 책임을 묻는 일이 타당한가? 너무나 추악하다.

하루카는 의자에서 일어났다.

"아까 말한 대로, 나는 마도카의 변호사에게 전부 다 말하고 왔어. 마도카의 친구에게도 증언을 받을 것이고, 통화 기록도 남아 있을 거야. 그런데도 마도카를 고소할 거야?"

마도카가 희미하게 웃었다.

"정정당당하게 싸워요. 오빠 가게와 우리 가게로. 질 생각은 없으니까."

"까불지 마. 너의 하찮은 소꿉장난하고 내 사업을 동급으로 취급하지 말라고."

매출은 브와야지가 많을 것이다. 자리도 넓고, 메뉴도 풍부하다. 그러나 브와야지는 에이코를 멀리 여행 떠나게 해주지 못한다. 다른 세계를 보여주지 못하는 거다. 그런 거다.

마도카가 조용히 대꾸했다.

"소꿉장난으로 보일지도 몰라. 그래도 빌린 물건 같은 메뉴와 인터넷으로 찾은 레시피만으로 어디까지 싸울 수 있을까."

아쓰시는 그대로 등을 돌려 나가버렸다.

아마 에이코가 불안한 표정을 지었을 것이다. 마도카가 에이코에게 미소를 보냈다.

"걱정하지 않아도 괜찮아요. 재판까지 가지 않을 거예요. 오빠는 이길 싸움 아니면 하지 않으니까."

그 말만 듣고 안심해도 될지 불안했다.

그러나 금방 알아차렸다.

마도카와 아쓰시는 승리조건이 다르다. 아쓰시는 마도카의 가게를 망하게 해야 이겼다고 생각하겠지만, 마도카는 작은 성을 지키면 승리하는 것이다.

그리고, 이 작은 성은 의외로 견고하다.

1월이 끝나갈 때 카페 루즈는 3주년 기념 파티를 했다.

단골과 마도카의 친구들이 초대되었다. 에이코도 옷을 갖춰 입고 외출을 했다. 선물로 샴페인을 들고 가니, 마도카가 거기에 딸기를 띄워 주었다.

마도카와 하우스를 셰어하고 있다는 브라질 친구 라우라와 한국인 현주도 와 있었다. 현주가 새콤하면서 빨갛고 달달한, 처음 마시는 차를 따라 주었다.

초대된 사람은 열 명 정도. 그 무리에 섞이는 것이 에이코는 한없이 행복했다. 카운터에서 올리브를 씹으며 알름두들러로 희석한 화이트와인을 마시고 있으니, 마도카가 옆자리에 앉았다.

"하루카 씨는 잘 지낸대?"

그렇게 물으니 조그맣게 고개를 끄덕였다.

"겨울이 어둡다는 메일만 계속 오네요."

결혼 전에 침구사 일을 하던 하루카가, 지금은 벨기에에서 침을 놓고 있다는 이야기를 최근에 들었다.

마도카는 한숨을 쉬었다.

"쓸쓸해요."

"하루카가 멀리 있어서?"

"네."

샴페인을 마신 탓에 취했는지도 모른다. 마도카는 드물게 말이 많았다.

"저, 하루카를 좋아했었어요."

"으응?"

"오빠와 결혼했을 때부터. 그래서 하루카를 위해서라면 싸울 수 있다고 생각했어요. 하루카가 없었다면 계속 그 집에 갇혀 있었을지도 모르고…."

아, 그랬구나. 언젠가 마도카가 연인은 있지만, 결혼할 생각은 없다고 말한 적이 있다.

우는 남자가 한 명 더 늘겠지만 뭐, 어쩔 수 없다.

하나 더 떠오르는 게 있다. 함께 일하던 때, 마도카는 에이코에게 유독 살갑게 다가왔던 것 같다. 다른 동료들은 마도카를 상대하기 어려운 아이라고 기억했다.

카페 루즈에 처음 왔을 때부터 마도카는 에이코에게 특별히 친절했다. 그리고 에이코는 하루카의 얼굴 분위기가 자기와 조금 닮았다고 생각했다.

"있잖아. 나, 하루카와 좀 닮지 않았어?"

"닮았어요."

마도카가 망설이지 않고 대답했다.

"그냥. 하루카와 닮아서 나한테 친절했었던가, 그런 생각이 들어서."

마도카는 하이톤으로 웃었다. 그녀가 이렇게 밝게 웃는 걸 처음 봤다.

"그건 아니지만, 에이코 씨도 제 타입이었어요."

"어?"

생각지도 못한 말을 듣고 놀랐다.

이름으로 불린 것도 처음이다. 마도카가 묘하게 웃었다.

"지금의 그녀도, 에이코 씨와 살짝 닮았어요. 오늘은 일 때문에 못 왔지만."

"그랬구나. 언젠가 소개해 줘."

"네, 꼭."

잠시, 좋은 냄새가 나는 여자와 연애하는 것은 어떨까…, 하고 생각해 봤다. 어쩌면 아로스 콘 레체처럼, 거리감을 느끼는 것은 처음뿐일지도 모른다.

옮긴이 **윤선해**

번역가이자 커피 관련 일을 하는 기업인이다. 일본에서 경영학과 국제관계학을 공부한 뒤 한국으로 돌아와 에너지업계에 잠시 머물렀다.

일본에서 유학할 당시 대학 전공보다 커피교실을 열심히 찾아다니며 커피의 매력에 푹 빠져 지냈기 때문에, 일본에서 커피를 전공했다고 생각하는 지인들이 많을 정도다.

그동안 일본 커피 문화를 소개하는 책들을 주로 번역해왔다. 옮긴 책으로《호텔 피베리》《도쿄의 맛있는 커피집》《커피 스터디》《향의 과학》《커피집》《커피 과학》《커피 세계사》《카페를 100년간 이어가기 위해》《스페셜티커피 테이스팅》이 있다. 현재 후지로얄코리아 대표 및 로스팅 커피하우스 'Y'RO coffee' 대표를 맡고 있다.

종종 여행 떠나는 카페

첫판 1쇄 펴낸날 2023년 10월 5일

지은이 | 곤도 후미에
옮긴이 | 윤선해
펴낸이 | 지평님
본문 조판 | 성인기획 (010)2569-9616
종이 공급 | 화인페이퍼 (02)338-2074
인쇄 | 중앙P&L (031)904-3600
제본 | 명지프린팅 (031)942-6006

펴낸곳 | 황소자리 출판사
출판등록 | 2003년 7월 4일 제2003-123호
대표전화 | (02)720-7542   팩시밀리 | (02)723-5467
E-mail | candide1968@hanmail.net

ⓒ 황소자리, 2023

ISBN 979-11-91290-29-5   03830